Algólidas

# *Algólidas*

*contos*

# Alex Sens

Copyright © Alex Sens, 2024
© Moinhos, 2024.

*Edição* Nathan Matos
*Assistente Editorial* Tamlyn Ghannam
*Revisão* Paula Queiroz e Tamlyn Ghannam
*Diagramação* Luís Otávio Ferreira
*Capa* Sérgio Ricardo
*Ilustração de capa* The Garden of Earthly Delights
(O Jardim das Delícias Terrenas), de Hieronymus Bosch (1504)

Dados Internacionais de Catalogação na
Publicação (CIP) de acordo com ISBD

S748a Sens, Alex
Algólidas / Alex Sens. - São Paulo : Editora Moinhos, 2024.
132 p. ; 14cm x 21cm.
ISBN: 978-65-5681-165-9
1. Literatura brasileira. 2. Contos. I. Título.
2024-1792
CDD 869.8992301
CDU 821.134.3(81)-34
Elaborado por Vagner Rodolfo da Silva - CRB-8/9410
Índice para catálogo sistemático:
1. Literatura brasileira : Contos 869.8992301
2. Literatura brasileira : Contos 821.134.3(81)-34

Todos os direitos desta edição reservados à Editora Moinhos
www.editoramoinhos.com.br
contato@editoramoinhos.com.br
Facebook.com/EditoraMoinhos
Twitter.com/EditoraMoinhos
Instagram.com/EditoraMoinhos

*Para o Lucas, meu leitor de todas as vidas, este seu preferido é minha desvairada oferenda.*

## *Algólida*

*Algólida (astron.) s. f. Tipo de estrela de curto período, que varia bruscamente de magnitude.*

•

*Estrela temperamental, pseudônimo de estrela, Maria Callas desses campos curvos, algólida de submergidas Argólidas, quem te viu e agora quem te vê durante as noites de — segundo Rimbaud — mecânica amorosa?*

•

*Quem te viu e agora, algólida, quem te vê, se és brusca e variável; se imprevista cambias de atitude, altitude e magnitude, com teus olhos de rainha-cláudia, raivosa no teu chapéu de vento; se opões à eternidade o efêmero;*

*fechas a janela da incômoda madrugada apenas ao longe columbras*[1] *o penacho de um cosmonauta, por agora pacífico;*

*imagine-se tua metamorfose — talvez em cacto ou sol-da-bolívia —, se avistasses, precedido por uma descarga de milhões de ratos brancos (em lugar da antiga chuva) o operador da bomba.*

**Murilo Mendes**, Poliedro

---

[1] Do espanhol: *columbrar*: vislumbrar, entrever.

| | |
|---|---|
| 11 | ÓRBITA |
| 13 | DEGUSTAÇÃO |
| 21 | AMOR |
| 29 | FOMES |
| 33 | FÚLVIA |
| 39 | GRATIDÃO |
| 45 | REFÚGIO |
| 55 | DEVÂKCHA |
| 61 | LEMNISCATA |
| 67 | TREZENTOS (E UM) |
| 75 | O VELHO |
| 81 | NARCISOS |
| 89 | O GUARDA-CHUVA |
| 95 | FARELOS |
| 101 | RECEPÇÃO DE ANIMAIS ou 29 RETRATOS DE UMA TARDE GENÉRICA |
| 111 | LENIDADE |
| 119 | ADULTOS INVISÍVEIS |
| 125 | PARQUE DE PERVERSÕES |
| 131 | Agradecimentos |

# ÓRBITA

Uma lua nasce do lado esquerdo do palco. Do direito, o sol. De cada lado, uma luz, e no meio, sentada numa cadeira de balanço, uma mulher. Ela ergue o braço direito e retira de dentro do ouvido uma agulha de tricô de ouro (com um pouco de cera e fiapos de carne). O movimento produz o som de uma colher rasgando um suflê: *sflic*. Ouve-se o som através dos alto-falantes do teatro, alguns embaixo da plateia. Ela segura a agulha com força e espera. Da orelha, escorre um fio de sangue que cobre seu pescoço, depois a clavícula e então o corpo inteiro. Em seguida, retira a segunda agulha de tricô do ouvido esquerdo, desta vez de prata, produzindo um segundo fio de sangue. Com as duas, passa a tricotar um tecido com os fios que saem de sua cabeça. Algo dentro dela se destrava: ouve-se um mecanismo se desdobrando entre os miolos. Então os olhos saem do lugar. O olho esquerdo se descola da cabeça: *ploc!*, flutua diante do rosto, passa pelo nariz. O direito faz outro movimento: de fuga, *fluc!*, afundando para dentro, se escondendo. O barulho de um peixe furando a água, as escamas desse peixe cortando essa água. E ela permanece tricotando. O olho direito desaparece dentro do crânio. O esquerdo faz uma volta, entrando na cova do outro olho, afundando também, e fica por alguns segundos, enquanto o olho direito deixa a cabeça pelo outro buraco. Ela não deve terminar o tecido de sangue, continua tricotando, seus olhos girando, saindo e entrando do crânio. Os olhos orbitam o nariz, o osso do nariz, e giram. Então a língua dela para o movimento dos olhos — um vê o mundo, o outro, do lado de dentro, não vê. Mas só por algum tempo: ela guarda a língua, chupa os lábios com um estalo, acionando outra vez o carrossel dos olhos, que não param de girar. A atriz morre em cena assim que vem a tontura. A apresentação é feita apenas uma vez. Não há orçamento para sangue de mentira.

# DEGUSTAÇÃO

Começava degustando seus dedinhos.

Quando minha língua os tocava, eram muito frios, muito lisos, muito duros, quase os dedos de um cadáver. As pontas eram cascudas e fediam a algo salgado, lembrando a casca de um queijo amarelo que há meses fermenta num lugar escuro. Com a saliva da minha boca e o calor que eu soprava sobre eles, baforando de leve para espantar o cheiro forte, os dedinhos iam ficando quentes e moles, enrugados do jeito que ficavam meus próprios dedos mergulhados na banheira por muito tempo, feito uvas-passas brancas que eu discretamente mordia com fome. Mas os dedinhos dela não tinham um sabor específico depois do susto inicial com o salgado: esse gosto passava, como a primeira sensação estranha de um vinho com muito tanino, e então variava entre o doce e o amargo, embora tivessem aquela consistência esperada de pele, meio borracha, que arranha contra os dentes e produz um arrepio — nela, não em mim.

Alguns dedinhos tinham uma sujeirinha estranha na ponta, como se tivessem revolvido areias úmidas com demasiada força. Sob as unhas, essa mesma areia lhe inoculava certa selvageria — oculta, mas ainda assim uma selvageria. Eu lambia devagar aquela sujeirinha, mordiscava os grãos de areia com força e medo de que entrassem na minha gengiva; empurrava-os com a ponta da língua para os dentes do fundo, depois trazia-os, degustando-os com cuidado e avaliando oralmente aquela farinha de diamantes, para a cova vermelha e larga diante dos dentes da frente. Se cuspia ou engolia, dependia do olhar dela, dos comandos que seus olhos amarelos me faziam, com ligeiras palpitações de loucura nas pálpebras nacaradas.

As unhas dela tinham arcos cor de marfim. Pareciam novas unhas, mais claras, que nascem espelhadas pelo lado de dentro e invadem as outras, as reais, as duras e quebráveis, como pequenas porções de leite vazadas sem querer em seus dedinhos. Além disso, eram levemente roídas. Roídas e cheias de farpas, com tiras moles de pele nas laterais.

Lentamente passava para o dorso das mãos. Ela gostava e fechava os olhos, esperando que eu continuasse, que eu seguisse cada vez mais para as outras partes do seu corpo. Minha língua, ora tímida, ora lúgubre, ora tépida, de fogo e de sonho, deslizava das mãos para os pulsos cicatrizados.

eles, os pulsos, tinham gosto de laranjas quentes amassadas sob o sol, podres de tão passadas, abandonadas pela vida que ela quase deixou vazar anos antes quando o primeiro filho foi uva-passa no fundo da banheira. eram pulsos mais decorativos do que funcionais, tinham a leveza dos bagaços já ocos, e às vezes, quando ela esticava os dedos para evitar furar meu pescoço, usava-os para prender minha cabeça, para que assim eu me demorasse degustando uma parte específica do seu corpo. é verdade que ela usava as pernas, mas os pulsos pareciam lhe proporcionar mais controle sobre meus movimentos e sobre o tempo que eu permanecia assim.

Em seguida vinham os braços, onde os pelos escuros se eriçavam desejosos. Uma penugem que parecia se desfazer a qualquer toque, como se, deslizados os dedos sobre ela, por menor que fosse a força aplicada, pudesse de repente cair dali numa garoa. Quando minha língua tocava esses pelos, ambos ardiam numa coisa só. Os braços tinham um sabor mais elaborado, aquele dos barris de vinhos há muito maduros. Era essa pele adstringente, tânica, e meu gosto tântrico que a deixavam azul de tesão, mas também de dúvida — porque, no fim, ela não sabia se podia, se tinha a liberdade e a segurança de sentir prazer comigo. Se era permitido olhar para mim daquele jeito e sentir aquelas coisas todas que eu sei que ela sabia que eu sei que ela sentia.

Quando ela finalmente se inclinava para a frente, eu ia para os cotovelos, os cotovelinhos, os cotovelozinhos, duas conchas, duas conchinhas polidas e hidratadas pela minha saliva, minha salivinha. Quando nos conhecemos, os cotovelos eram dois nós secos de madeira (do tipo de madeira comida por cupim, cheia de buracos, frágil demais, porosa até o osso, até a seiva), eram esferas de lixa, grossas, desgastadas, mas fortes, os calcanhares de um gorila. Diferente das outras partes, os cotovelos não tinham cheiro — talvez algo distante que lembrasse algodão ou pele muito lavada. Desconfiava, às vezes, de que fosse o cheiro da minha própria saliva, e isso me desagradava, então eu passava para os ombros.

Ela tremia ligeiramente quando eu chegava aos ombros. Meu queixo nu e macio raspava a pele deles, subia devagar, contornava suas clavículas, e eu deixava ali, dentro delas, dentro daquelas pequenas cumbucas cremosas, uns tantos beijos, umas gotas de saliva, meu desejo represado pela curva dos seus ossos. Os ombros eram uma das melhores partes para degustar:

como pãezinhos, eu os mordiscava, deixava ali a marca dos meus dentes e a via revirar os olhos.

era somente quando eu chegava aos ombros que sentia melhor o seu hálito: leitoso e quente. pegajoso e doce. colava em mim, no meu rosto, nos meus lábios feito um feitiço, e ela toda bruxa, cachorra, meretriz-mãe, ela toda serpente, com os olhos cravejados de topázios amarelos, o manto azul estrelado de uma santa rota e desfeita sendo sombra para o corpo largo e nodoso de árvore, ela, toda dona, me alimentava com seus cheiros, seus gestos, e eu ia degustando lentamente, ainda mais perturbado com seu poder sobre mim, sobre a minha inocência, sobre os meus carinhos que queriam continuar — e continuavam.

Por algum motivo que nunca descobri nem quis explorar, eu atravessava o pescoço sem tocá-lo, nem com os lábios, nem com a ponta da língua. Nada. Eu pulava o pescoço como se não fosse uma parte dela — ou uma parte que me fosse proibida. Ela também não queria, não pedia e parecia não achar necessário, talvez por ser um ponto de dor e de contração da jugular, algo simbólico na ligação potencial entre sua cabeça e seu corpo. Passando o pescoço, ficava-nos subentendido que as orelhas eram as próximas a serem degustadas.

As orelhas eram pequenas e duras, cartilagens de madrepérola envolvidas pela seda comum às orelhas. Nesses momentos em que minha boca chegava aos lóbulos, enrijecendo sua nuca de prazer, acontecia o primeiro de dois movimentos que ela fazia com as mãos, tocando-me com elas pela primeira vez. Enquanto eu lambia as orelhinhas, os cantinhos cobertos por uma pasta branca que se acumulava na falta de limpeza, ela apertava as minhas próprias orelhas, com uma pressão maior nos lóbulos, deixando-os vermelhinhos e quentes. Isso me incomodava às vezes, mas prosseguíamos, até que eu tivesse experimentado toda a cera guardada em seus ouvidos, amolecida com o calor do meu hálito, transformada em suco espesso, cor de caramelo, néctar tirado de uma flor amarga, impressionada com o que ouve.

Pelos cabelos eu passava rapidamente, não gosto muito de falar deles.

Sua testa não tinha sabor de nada, e eu sempre ia logo para os olhos, os olhinhos do meu amor — não porque faltasse desejo pela testa ou porque ela fosse sem graça, mas porque eu ficava ansioso pelos olhos, precisava chegar logo até eles, abri-los com a língua no instante em que ela os fechasse para me provocar, um jogo que me excitava, causando pequenos gozos internos. Lambia devagar seus olhinhos úmidos e quentes, começando pelo esquerdo, o olho da minha musa, a minha Medusa; em seguida seus longos cílios, assustados como os de um cavalo, varriam minha língua, pinicavam a parte superior dos meus lábios, fazendo cócegas.

Então eu descia para o nariz. Não posso chamar de narizinho, era um nariz grande, respeitável, do tamanho de uma batata-doce roxa, e era igualmente roxo. Roxo de cravos. Meus dentes estouravam os cravos, os traziam para fora da pele gordurosa e rompiam as minhocas cremosas, os pontos duros que lembravam a sujeirinha de areia de suas unhas. E ele, o narigão de batata-doce roxa, ficava ainda mais escuro de sangue. Dolorido, ela dizia, sem parecer se importar porque era apenas uma constatação. Minha língua entrava ansiosa, curiosa, mais do que molhada, em suas narinas; lambia o amargo das cascas, do muco seco, trazia para fora os fios gelatinosos de suas entranhas.

Sua boquinha: tão pequena em comparação com o nariz. Sua boquinha era proibida. Quando meu rosto descia, ela apertava os lábios. Eu não podia tocar ali, nem com a boca nem com os dedos. Estava proibido, e meu desejo se mantinha velado. Ela nada sabia, e se soubesse, as coisas teriam continuado assim, porque assim deveriam ser. Um perfume quente vinha daquela boca, daquela boquinha tão minha, mas tão distante e sozinha. E mesmo pequenininha, era vermelha e cheia como um moranguinho.

Com paciência, eu degustava os seus seios, duas colinas gordas. Estes, sim, tinham cheiro: um cheiro estranho, mas gostoso feito cheiro de bunda, de coisa mole, fácil de pegar, de amassar, de sovar. Lambia os biquinhos, os anéis escuros, os dominhos, as pontinhas, lambia tudo. Mamava. Não saía leite, a época tinha passado. Mamava de mentira, sem fazer força, porque não seria tão elegante, não seria uma verdadeira degustação.

o umbigo era fundo, profundo, e recendia a vísceras. vísceras sujas de merda. o buraco perfeito para a língua, onde ela cabia, onde ela dormia, onde se sentia em casa. eu cheirava e lambia, cheirava e lambia, cheirava e lambia, cheirava e lambia, sugava como se dali eu fosse arrancar meu suco vital, minha placenta.

Chegava o instante do outro movimento, quando ela me tocava pela segunda vez: segurava minha cabeça, apertando minhas têmporas, envolvendo meu crânio com os dedos e estes com os joelhos, forçando minha boca aberta, cansada, cheia de formigas, entre suas pernas. A vagina pulsava, pingava tranças de um mel brilhante e cheiroso, com textura de flores, de anêmonas incendiadas, de frutos maduros demais, de leite, de terra quente, de ovos moles lambidos por azeite, de óleos essenciais, de hóstias manchadas de sangue, de orações, de besouros e cigarras mastigadas, do veneno da adoração. A textura fibrosa e embrionária de um grito. Era ali que ela me engolia, que seus lábios se abriam e meu corpo inteiro era recebido de volta, minha idade e meu tempo eram devolvidos à tranquilidade amniótica do útero. Eu entrava inteiro dentro dela, abria as suas paredes com os cotovelos e os ombros, ajeitava meu corpo em seu ventre — o bom filho que a casa retornava. Voltava a ser o feto que coagulava seu sono e fecundava seus sonhos.

# AMOR

*À la table divine où l'on doit manger vite.*
Jean Richepin

Está feito. Suas mãos tremem e pingam. Saídas da pia, estão vermelhas como a carne das romãs e balançam ao lado do corpo. Gotículas suspensas na ponta dos dedos se desprendem devagar, espelhando a dor do mundo, e se lançam ao linóleo escuro da cozinha, formando pequenas poças.
    Ela sorri, olha para a pia cheia. Mesmo fechada, a torneira deixa escapar uma série de gotas que estalam na água parada. Quando aberta, a corrente de água formara um borrifo vaporoso no vidro. Do outro lado, num pequeno quintal onde mal cabe sua alegria, um pinheiro tem sua postura serena perturbada pelo vento. Olha com atenção para o pinheiro, para a noite fechada em seus galhos, para a escuridão que dentro dele é uma fibra frágil, costurada com medo. O pensamento de que pode distinguir olhos vermelhos naquele breu a acompanha desde a infância. Não vê nada porque não há nada além de uma árvore, um quintal vazio, uma espreguiçadeira podre de chuva e um grande silêncio.
    Ela se vira para a mesa no centro da cozinha. Pega um pano de prato branco e seca as mãos com força, querendo devolver

um pouco de cor à pele. Muita força. Quer fazer circular alguma coisa. Os dedos doem. A tensão enrijece o pescoço. Ela desliza as mãos por ele, estremece com a nudez, mas o colar de pérolas negras está no quarto, na cama, sobre o vestido. Por um momento ela pensa que perdeu a joia. Não. A ordem é perfeita, sublime, intocável como uma mentira. A ordem das coisas é inacreditável, mas ela existe naquela noite.

Solta o pano, bate as mãos no avental natalino e depois segura o quadril, refletindo sobre o próximo passo. As cebolas. Há duas cebolas roxas sobre a mesa. Uma tábua e uma faca. A faca continua vermelha de sangue e ainda contamina a peça de madeira, desenhando nela uma flor vermelha que se expande como um pingo de nanquim em papel poroso. Pega a faca com cuidado, passa no avental e deixa ali uma marca vermelha entre os lábios de um Papai Noel doentio, com olhos pequenos e apagados. A estampa é infantil, feia, mas ainda não é dezembro. O avental era o primeiro de uma pilha organizada dentro da gaveta.

Antes de cortar as cebolas, de verificar se o açafrão continua num pequeno pote de vidro, de retirar a frigideira do armário, de escolher o azeite grego que está chegando ao fim (corre até a geladeira e anota num quadrado branco com uma caneta presa a um ímã: *azeite, agrião, pimenta-calabresa, cominho* — pensa um pouco, olha em volta, reflete sobre o que está faltando, visualiza o armário e a despensa forçando a testa num movimento que a deixa muito mais velha, o marido tinha feito a última compra e isso a irrita profundamente, então continua anotando numa lista vertical — *maracujá, detergente, bicarbonato, hibisco, perdão, mentira*), lembra da taça de vinho ainda cheia. Ela reluz como um troféu exatamente embaixo de uma luminária que fica sobre a mesa. Chardonnay quente. Não se importa e bebe metade em quatro goles. Olha para a luminária, uma peça italiana, eficiente, um funil de metal comprado em Modena numa feira de antiguidades. Ele nunca gostou da peça e batia a cabeça nela de propósito, para convencê-la de que não tinha sido uma boa ideia.

Ela deixa a taça sobre a mesa. *Tac*. Gosta do barulho do cristal na madeira. Tem vontade de molhar o dedo indicador com saliva e deslizá-lo na borda da taça. Brincar de sinfonia como fazia quando criança, ou mesmo adulta, escondida num canto, hipnotizada pelo som cristalino daquele túnel meio oco, todo seu. Dali emergiam seus sonhos, cadáveres boiando numa água escura e gelada.

Olha para as cebolas, pega outra vez a faca e corta uma a uma: primeiro as pontas, depois puxando com as unhas a primeira camada, que atira num cesto de lixo sobre a pia. Separa cada esfera em duas metades e as corta como seu pai ensinou, em pequenas ondas feitas com os pulsos, a faca deslizando devagar, dilacerando as camadas em fatias lilases, o caldo violeta escorrendo na tábua suja de sangue. Não sente vontade de chorar. Talvez seja uma cebola obediente, uma cebola doce. Para provar da própria teoria, dá uma dentada no que resta de uma metade e mastiga num ruído áspero, como se fosse uma maçã. Sua boca arde, não os olhos. Ainda estão secos, um pouco vermelhos, mas isso passa, também o vermelho das mãos, agora na sua tonalidade normal.

As batatas. Olha as batatas dentro de um cesto de vime e pela primeira vez sente a boca cheia d'água. Precisa descascá-las, mas tem preguiça. Sua mãe descascava todas, perfeitamente, como se participasse de um concurso em que um milímetro de casca fosse desclassificá-la. Dá de ombros. Com a mãe morta, a cozinha sendo sua, o direito de não descascar as batatas é desafiador, mas ainda um direito.

Pega as quatro batatas com as mãos, as espalha sobre a tábua com seu caldo ardente e sanguíneo de cebolas, e as corta em seis pedaços cada, percebendo a casca enrugar se a batata é mais velha. Sente um prazer inexplicável quando a lâmina parte a casca mais grossa, o caldo do amido se misturando ao sangue das cebolas. É delicioso ver os caldos misturados, formando flores variadas na madeira, absorvidas por ela, encharcando-a. Ela pensa que aquelas manchas nunca sairão, uma marca daquele dia.

Com as mãos úmidas outra vez, leva-as até o avental para secá-las, a mão direita esbarra no sangue agora seco, a boca do Papai Noel mais aberta, um Coringa, repuxada nos cantos por anzóis invisíveis. Ela não percebe a expressão da figura no avental, está ocupada olhando a taça de vinho outra vez. Queria deixar para a hora de comer, é o que resta de vinho na casa. Corre até a geladeira e anota: *garrafas de vinho, muitas*. Percebe que precisa se organizar melhor para que aquilo não volte a acontecer. Nunca fica sem vinho. É como café. Ou leite. É como pão, ela pensa. Sal ou açúcar, coisas que você pode pedir ao vizinho, mas nem tanto porque vinho o vizinho pode não ter. O vizinho pode ser um religioso que não bebe ou um alcoólatra em recuperação. Pega a caneta presa ao ímã e risca o *muitas* com medo de que alguém leia sua lista enquanto anda pelo supermercado. Não quer ser julgada.

Uma rajada de vento entra pela porta aberta da cozinha, empurrando a poça de sangue para dentro em dedos líquidos e vermelhos que se lançam até a mesa, tentando capturá-la. Ela leva um susto, pisa na poça enquanto fecha a porta e desvia do corpo do marido para não cair sobre ele. Já está mais duro, percebe cutucando-o com a ponta do pé. O sangue coagula rápido demais, a carne esfria. O morto é como uma xícara de chá que mimetiza a temperatura ambiente.

Ela volta até a mesa, pega a frigideira e a coloca sobre o fogão. Acende duas chamas: sobre a primeira, enche a frigideira de azeite, duas colheres de manteiga, uns temperos que mói na hora e que chiam no óleo quente; sobre a segunda uma panela cheia de água. Deixa ferver. Joga as cebolas e as batatas na frigideira. Elas estalam, gritam, relincham, gozam fluidos que se misturam à gordura. Uma espuma se forma e uma corrente de bolhas vai crescendo, estourando ao longo da borda da frigideira. Vibra de prazer. Olha o marido caído perto da porta e respira fundo. Com a faca na mão, se agacha na altura do tronco paralisado e faz uma incisão no peito. Depois, com mais força, quebra a caixa torácica, retira o coração com a ponta da faca e estoura o pericárdio, produzindo um estalo seco como se abrisse um vidro de picles. *Clac*. Algum outro osso se quebra, alguma coisa se desgruda, o coração sai inteiro em sua mão. Cheiro morno.

Ela se ergue, limpa o coração com as mãos, depois com o pano de prato branco, e coloca-o com cuidado dentro da panela cheia de água. O coração borbulha e pula por alguns segundos, bate na beirada da panela, infla um pouquinho feito um balão, e ela pensa num sapo gordo e vermelho cozinhando ali. Mas não é um sapo. É o coração do marido. Vai consumir o que ele sentia por ela. Uma vitória.

Olha para a pia ainda cheia, em seguida pega uma colher de pau para mexer as cebolas e as batatas, que fervem e giram. Sua boca enche de água outra vez. Tanta água, tanta saliva, ela cospe dentro da frigideira, que chia mais alto como uma cigarra viva atirada no fogo. Lança um olhar calculista para o relógio sobre a geladeira, liga o forno, desliga o fogo da frigideira e despeja todo o conteúdo numa forma retangular de vidro, empurrando as batatas para os cantos e formando um ninho. O coração continua cozinhando, então ela decide se vestir.

Tira o avental, joga-o sobre a mesa e corre até o andar superior da casa. O vestido vermelho também lembra uma mancha de sangue na cama de linho branco. É a única peça que pulsa no quarto. Nem mesmo seu coração bate agora, estarrecido. Ela agacha diante da cama, desliza as mãos frias pelo veludo, pelas pérolas negras, geladas, gotas de um mar escandinavo. Com o mesmo passo corrido de bailarina usado na cozinha, ela vai até o banheiro, se despe e liga o chuveiro. A água quente produz tanta fumaça que seus pés ficam ocultos, nem as próprias mãos ela consegue enxergar. Como o coração que cozinha no andar de baixo, seu corpo vai também cozinhando, a pele, amolecendo. O sangue seco dos braços desce alaranjado pelo ralo e desaparece. Quando não aguenta mais o calor, desliga o chuveiro e volta para o quarto. Coloca primeiro o colar, vendo-se nua no espelho, então joga o vestido sobre o corpo e ergue o zíper das costas até onde alcança. Ninguém pode ajudá-la.

Descalça e sem secar os cabelos, mas prendendo-os numa fita, ela deixa o quarto e cria um rastro úmido pelo carpete da escada. Volta para a cozinha e desliga o fogo sob a água onde o coração parece cozido. Ele perdeu a cor avermelhada de músculo e agora lembra uma borracha cinzenta, um pedaço de carne esturricada pelo esquecimento no vapor. A água do cozimento tem cor de salsicha. Cantarolando uma canção de ninar, ela caminha até as gavetas, retira dois garfos da primeira, volta para o fogão e os espeta no coração, que solta um chiado. Coloca o coração na travessa, no canto do ninho de cebolas e deixa um lugar reservado.

Olha com ternura para a pia. O bebê ainda está mergulhado, branco como um boneco de cera. Ela retira o pino que fecha o ralo e deixa a água escoar. Segura o filho com cuidado, com os dedos bem abertos, forçando suas axilas, e o coloca na outra metade da travessa, com o coração do pai entre as pernas. Ela abre o forno, pega a travessa com as duas mãos e a desliza sobre a grade quente. Fecha a porta do forno e bebe o resto do vinho quente em goles demorados. Não percebe que o calor de trezentos graus centígrados começa a incendiar o bebê e o coração. Aos poucos, o cheiro se espalha, rompe os limites da cozinha, e a casa inteira recende a amor.

# FOMES

*Rute — depoimento sob as dobras de um viaduto*

O corpo de Rute é uma coisa miúda, uma lasca, um naco, um fio de nácar. Não, nácar não. Um fio de nada. Rute tem um corpinho assim, pequeno, que lembra uma unha, um barbante, uma curva de pele, um pelo. Se unha, um corpo encravado em si mesmo, molinho, molinho, feito papel mergulhado, macarrão cozido, carne de manga. Se barbante, resto cortado, meio desfiado, fim de costura. Se curva de pele, inflamada, cheia de escaras, fino papel de arroz, as escaras um mosaico de vidro púrpura. Se pelo, escondido, pelo do entremeio, onde nem Sol ou Lua alcançam, o pelo que arranha o grito da criança.

Rute não tem criança, pelo menos nenhuma viva. Dela não nasceu nada que berrasse, que a fizesse sorrir largo. De Rute foi expelido um cardume de anjos encarnados, escuros, mudos, de olhos pretos já fechados, todos conformados com a Morte, filhos da Morte, embriões de um pacto equivocado. Nenhum conformado comigo, nenhum filho meu, embora eu os tenha ajudado.

Então o corpo de Rute é isso, um fio de nada. Mas para ser justa com ela, comigo, melhor dizer que o corpo de Rute é uma casa. Minha casa, minha morada. A casa que habito, que divido com as chagas, com os ruídos, com a dor. Com as contrações, o desassossego dos órgãos, o silêncio dos ossos, com a memória das tripas, o brilho das vísceras, com os ecos. Moro com ecos e ocos e neles também ecoo. E deslizo por seu corpo, minha casa, como serpente pronta, preparada, em busca da falta e da ameaça.

Rute vive com seu corpo, aguenta-se nele à beira de si mesma, embaixo do viaduto. Papelão por todos os lados — menos do que antes, porque Rute já comeu muito papelão, de todo tipo. Começou mastigando as bordas, umedecendo os cantos com a língua, mordiscando com sete dentes as propagandas de detergente, refrigerante, acidulante. Uma vez caiu perto dela um saco de pipoca de micro-ondas e Rute lambeu tudo, a manteiga seca, o sal grudado, o papel encharcado de gordura. Depois fez uma bola com as mãos de tarântula e a engoliu inteira. Vomitou, engoliu de novo e na minha casa ficou aquela gosma azulada com aroma de baba. Nem sempre venço a luta de Rute, sua batalha travada contra a minha perspicácia. Quando não é papel, folha seca ou pedaço de espuma, deixo que ela lamba os dedos de um morador de rua.

Às vezes Rute dança para disfarçar meus saltos. Dança com as pernas finas de flamingo, ri com a boca cheia de buracos, de ocos, de janelas, para quem passa de carro e ri dela. Dança para tentar descolar meu corpo do corpo dela, como se descolasse uma retina, uma fibra da banana, um sonho dos olhos com sono. Eu quis a casa de Rute porque tem espaço, porque nunca se sabe o que ela vai comer, com o que ela vai se satisfazer, quanto falta de veneno, de fúria e de doença para eu me desfazer. O corpo de Rute é uma aventura, um enigma, um miasma. E viver nele é ser meu próprio fantasma.

*Simeona — depoimento sob as dobras de um corpo*

O corpo de Simeona é uma coisa imensa, um vasto, um estado, um mar de sapos. Não, sapos não. Um mar de âncoras sem as águas, o peso do ferro afundando a Terra, seus navios e piratas. Simeona tem um corpo assim, grande, que lembra um mapa, um lago, uma curva de eclipse, uma elipse. Se mapa, um corpo de países inexplorados, de fronteiras abertas, de enormes reservas de animais gordos, gordos, feito colinas, avalanches, corações de tambores. Se lago, um espelho esponjoso, metálico, fundo como se alguém pudesse me tocar. Se curva de eclipse, luz fundida, breu plasmado, raio de luz grossa entrando no olho, nos talhos. Se elipse, entre as maiores palavras, as palavras absurdas e suadas, vulgares, sebosas, cheias de óleos e pastas que se lançam numa pintura carregada, espalhada pelas mãos de uma criança.

E Simeona tem muitas crianças, todas vivas, vermelhas, com lustrosas bochechas que parecem ventres de brioches. São muitas que nasceram dela, de um desejo pela falta, expelidas em quilos de carne, litros de choro, de leite, de sangue, esmagando meus lados, minha força. Eles não me conhecem, nunca me conheceram. Nasceram sufocados nos úberes da mãe, vítimas da gula e da fuga e da fome da vulva.

Assim, o corpo de Simeona é isso, é mais que isso, um mar de âncoras. Mas para ser justa com ela, melhor dizer que o corpo de Simeona é também casa. Uma casa diferente, morada de crueldade indiferente. A casa que habito, que divido com os doces, com os ruídos, com as caldas, com as batatas, com os cremes, com as *frittatas*, com os óleos e os açúcares, lipídios e gosmas coloridas, com o que borbulha brilhoso, cheio de gordura, rompendo vasos, forçando espasmos, dilatando o resultado dos meus trabalhos, da minha lavoura farta, esparramada.

E deslizo por seu corpo, minha casa, como mancha esmagada, em busca do peso e da massa.

Simeona vive com seu corpo, se aguenta à beira de si mesma, em cima da cama. Lençóis de algodão peruano, tramas importadas, nada limpo, nada mais branco. Começou mastigando uvas, nozes, frutos variados, da Síria e de Zanzibar, passando para os hambúrgueres, os sorvetes e chocolates, a tartrazina dos salgados, pintando de amarelo o leito não mais claro. Uma vez a delícia era tanta, que Simeona não só lambeu as pontas dos dedos, como as comeu, aromatizadas pelo forte sabor de porco tailandês. Depois, os filhos mais velhos vieram, curaram os tocos das mãos, lixaram os ossos, lamberam os restos de carne no colchão (porque também eu me alastro neles). A luta com Simeona é outra: sou eu alimentando a minha presença, a Fome alimentando a fome dela, o ciclo eterno ao qual estamos presas e do qual somos inseparáveis, indissolúveis.

Às vezes Simeona dorme para disfarçar meu riso, minha maldade. Dorme fundo, fundo, com o corpo todo besuntado de sono, e sonha com queijos que gotejam, pizzas que se dobram ao seu redor feito roupões de banho, baldes de tequila, de cerveja, brigadeiros, empadões, frango frito e maionese. Dorme para tentar fechar a boca, não caminhar até o banheiro, dar férias aos intestinos, a mim, a Fome. Eu quis Simeona porque a casa é voraz, a porta cheia de fúria, os fundos cheios de força, porque nunca se sabe quando ela explode, o que em nós eclode, quanto falta de lençóis sujos e adiposos para eu me desfazer. O corpo de Simeona é um jardim de delícias, um excesso de mim, uma ode ao sarcasmo. E viver nele é ser meu próprio orgasmo.

# FÚLVIA

Fúlvia se insinua pela abertura de uma das portas da Galeria Nacional. Passa por uma fresta, uma lacuna, um nada de espaço, um fio onde mal cabe um pensamento ou uma palavra grande: pneumoultramicroscopicossilicovulcanoconiótico. Ela se insinua por essa abertura que ninguém vigia como um pedaço humano de fumaça, vestida de amarelo da cabeça aos pés: boina amarela com um pequeno detalhe floral amarelo, brincos de pedras de um amarelo forte e leitoso, paletó amarelo sobre uma blusa de seda amarela com rendas amarelas, uma calça amarela de algodão e sapatos amarelos, brilhantes de verniz como a calda de um doce de maracujá — Fúlvia lembra a casca da fruta, recortada em fragmentos que se deslocam conforme seus movimentos.

Sua pele de ébano se lança pelas mangas, pelo decote, às vezes pelos tornozelos quando anda e as calças sobem ligeiramente, uma provocação. Ela carrega uma bolsa que não é amarela, mas negra e lisa como suas mãos, como é todo o seu corpo de madeira nobre embaixo da roupa solar. Os olhos são frutos brancos, albinos, com um caroço noturno no centro — seu eclipse ocular. No olho esquerdo, uma luz perolada herdada da catarata, abalone secreto que reluz quando chora ou olha para a lua. Ela lança um olhar desconfiado para os seguranças, mas se sente segura dentro do bloco suntuoso de vidro e concreto da galeria. Não tem motivo para Fúlvia se sentir assim, perseguida, ameaçada, coagida, embora ninguém mais use aquelas portas — desde que trocaram o sistema de segurança e a posição dos aparelhos de ar-condicionado.

Uma vez dentro da Galeria Nacional, Fúlvia não tira a boina, não tem pressa para ver as telas, as esculturas, não pretende ler as informações coletadas em catálogos plastificados que o lugar distribui gratuitamente na bilheteria. Respira profundamente: um perfume de laranjas, de damascos, de alamandas e de piso encerado, é tudo o que sente. Se fizesse um pouco mais de força com as narinas frágeis e congestionadas pela rinite alérgica, Fúlvia aspiraria a própria cor que a veste e, numa bolha dourada de luz, desapareceria dentro de si mesma. Inevitavelmente, suas roupas chamam mais a atenção do que algumas obras expostas nas grandes salas de pé-direito alto.

Mulheres de preto enfunadas em pérolas e argolas de ouro, bolsas envernizadas e cabelos meticulosamente alinhados olham para ela como se estivesse nua — *nua* é a palavra que melhor cabe aqui, correspondendo à elegância forçadamente construída dessas mulheres, embora Fúlvia pense em *pelada*, uma palavra mais verdadeira, menos sintética, mais orgânica (a casca imaculada de uma banana). Homens de ternos sérios, alguns de camisas, jovens carregados de julgamentos e até algumas crianças entediadas — todos olham para ela com um misto de repugnância, zombaria e curiosidade.

O amigo de um dos curadores das exposições só consegue sentir raiva. Uma raiva perigosa, apoiada na inveja, porque a mulher de amarelo é mais interessante do que a arte exposta. Tem vontade de expulsá-la, de acusá-la de roubo, de apropriação cultural, de atentado ao pudor, com todas aquelas peças. E o contraste de um amarelo tão puro, tão limpo, tão intenso e absurdo, com a pele escura de suas mãos, que reluzem como rochas lavadas por um mar de prata. O homem, cujo nome não vamos divulgar por medida de segurança (embora devêssemos, não?), sente-se ultrajado. Ele, com a pele branca de alabastro, que nunca teve mais do que três tons de grafite e três de azul dentro do guarda-roupa, esse homem que se considera intocável e um quase ícone em estágio de fecundação, não entende nada de arte, nem da vida, nem de educação, mas anda pela galeria como se fosse a sala de estar de sua casa, arrumando cadeiras e vasos, olhando os visitantes de cima a baixo, lendo seus gestos e seus olhares.

Fúlvia nunca chega a notá-lo porque não precisa e sabe qual o seu lugar ali: o que quiser ocupar. E antes que suas pernas finas se alinhem com os blocos de mármore do chão, que andem um pouco mais, que entrem numa sala nunca antes visitada, são os olhos que ocupam as coisas; e invadem paredes e se lançam sobre os óleos ressecados das telas; que entram, como ela entrou secretamente na galeria, na tinta rachada, nas pequenas cores trincadas que ninguém repara quando observa de longe, varrendo as coisas todas como se varressem com os cílios moles de cansaço uns farelos de pão presos entre as molduras.

Um menino de sete ou oito anos, vestido inteiramente de azul (camiseta azul-penico sob um macacão jeans e tênis azuis), entra numa sala com Fúlvia ao seu lado. Se eles se abraçassem, se dissolveriam em verde. Se ao menos se olhassem, ao invés de olharem para o quadro de simplicidade estarrecedora na parede oposta, talvez tivessem se identificado, primeiro com um sorriso tímido, depois com uma gargalhada de cumplicidade. Mas eles não se olham. Fúlvia e o menino olham a tela amarela no fundo da sala. É um retângulo de dois metros e vinte centímetros de largura por um metro e setenta centímetros de altura, completamente pintado de amarelo, feito com um tipo de algodão mais grosso, inteiramente coberto de um pastoso amarelo que oscila em camadas cremosas. A imensa tela amarela e sem título, pintada por um artista sueco, é injetada por sete fachos dourados de luz também amarela, vindos de uma estrutura metálica estrategicamente posicionada no teto a quase meio metro de distância. Fúlvia sabe que é para realçar a cor da obra.

Os dois chegam cada vez mais perto e param exatamente no meio da sala, onde um comprido banco de madeira clara os espera. Nenhum deles se senta, estão fascinados com a tela, foram provocados por ela, interrompidos por ela. A obra é de uma terrível austeridade, de uma preciosa pobreza que deve valer mais do que os outros quadros erguidos nas demais salas como as últimas maravilhas desenterradas do coração de Atlanta. É um retângulo único, vibrante, que chega a tremular quando encarado por muito tempo, visível a quase noventa anos-luz da Terra. O amarelo encara de volta, lança seu magma luminoso sobre os corpos de quem se aproxima demais, de quem se deixa ser vestido por seu reflexo.

O menino, de boca aberta, limpa uma gota de saliva que ameaça escapar, e sela os lábios outra vez, desejando que a mulher de amarelo ao seu lado não tenha visto esse deslize infantil. Fúlvia não tem olhos nem pensamentos para mais nada. Esqueceu as contas em casa, o gato doente que espera em seu minúsculo apartamento, a encomenda de tulipas amarelas feitas numa floricultura para a festa de aniversário da irmã; esqueceu-se de respirar por alguns segundos, e de piscar — quando piscou, seus olhos arderam. Para a sua catarata já havia vazado aquele amarelo. Ela está impregnada daquela cor, enquanto o menino se lembra de algumas coisas, das últimas coisas amarelas que viu, quantas delas existem na rua onde mora, dentro da sua casa, nos seus pratos de comida.

Fúlvia volta a caminhar, se aproxima ainda mais da tela amarela. O menino, agora de braços cruzados, fica para trás. Não há mais ninguém na sala, cuja luz parece a de um incêndio. Sem perceber, Fúlvia pisa sobre a linha que delimita o espaço onde pode ficar, cerca de trinta centímetros longe do quadro. Ela para, não porque vê a grossa linha no chão, feita com uma fita adesiva amarela um pouco gasta, rasgada em alguns pontos, mas porque tem medo de continuar se aproximando. É tanto amarelo que ela engole em seco, e até a secura parece ter aquela cor.

Ali, tão próxima da tela amarela, Fúlvia nota outras cores: pinceladas de branco e mostarda, algumas marrons, mais sutis, porém cruéis, alternadas entre movimentos de adoráveis simetrias e claros instantes de inestética excitabilidade, onde traços mais firmes parecem ter quase perfurado o algodão. É assim, com seus olhos albinos, seu maravilhamento diante do amarelo, que Fúlvia vai percebendo a imensidão das cores, as camadas, a arte subterrânea, escombros de amarelos descascados, oraculares, libertinos, feridos e ariscos. Amarelos malditos. A bolsa desliza de seu braço, cai no chão, e o menino, que está na porta, do lado de fora, se afasta um pouco, ocultando metade do corpo. Ele para e assiste: a mulher de amarelo, um corpo deslocado do quadro, uma mancha viva descolada da arte.

Entre lágrimas e suspiros entrecortados por soluços de admiração, Fúlvia resgata da tela todas as coisas amarelas da sua vida: quadrados gelados de manteiga, os campos de trigo de Van Gogh, as poças de sol entre as árvores dos parques, quando o verde se cobre de amarelo torrado; uma fita de veludo para os cabelos, o anel de citrino herdado da avó de dentes amarelados casada com o dono de terras cheias de macieiras de maçãs amarelas como pequenas bolas de golfe; guarda-chuvas abertos em armações de pura luz no meio de uma tarde escura de chuva cinzenta, os faróis dos carros, as lâmpadas de vapor de sódio, as gemas caindo redondas e oleosas na farinha antes de se transformarem em bolo, os girassóis, o submarino dos Beatles, os caldos indianos cheios de curry, as nuvens pastosas de Munch, os vestidos da irmã, e seus sapatos, suas almofadas, o cordão para acender o abajur ao lado da cama; nuvens bordadas pelo sol das seis e meia da tarde, o manto dourado dos amantes de Klimt, o ouro oferecido a Ganesha, uma chuva de moedas, os campos de colza, as espigas de milho, a banana de Warhol, os táxis de Nova York, os detalhes enclausurados nas linhas de Mondrian, o choque em Rothko, a pele com icterícia, o sol.

O menino permanece parado. Algumas pessoas passam atrás dele, apontam um quadro cheio de referências, um busto grego mastigado pelo tempo, mas ninguém entra ali, ninguém passa por ele pedindo licença. Fúlvia avança sobre a linha de proteção, menos de vinte centímetros a separam da tela amarela. A ponta de seus sapatos bate na parede, nenhum segurança está ali para ver. Sua bolsa continua tombada antes da linha, o menino não consegue avisá-la, mas assiste a tudo de olhos arregalados. O corpo de Fúlvia se confunde com a pintura, suas roupas se aglutinam, se dissolvem como células no amarelo do quadro, suas mãos desaparecem dentro das mangas, sugadas para dentro do tronco. Seus pés se erguem, ficam ali os sapatos, vazios, sem dono, abandonados contra a parede branca. Fagocitada pelo amarelo agressivo, maldito e maciço, Fúlvia é cor.

# GRATIDÃO

Eram três corpos deitados sobre as folhas secas, que farfalhavam ao redor do lago como mariposas perfuradas tentando voar. Três corpos prendendo a insepulta leveza das folhas feito pedras colocadas sobre as páginas de um livro aberto, segurando o vento. Quando a neblina subiu, desmanchada em lanhos brancos de leite pelos galhos das árvores, o lago amanheceu mais escuro do que o normal, franzido de negro, roxo e verde, com dobras de prata refletindo o céu carregado. Galhos secos e finos boiavam como espinhas em miniatura, esqueletos de elfos descarnados talvez por um demônio da floresta; em seguida, próximos à terra, tocavam o cascalho e ficavam ali presos, sem ir nem vir, perdidos entre o mundo líquido e o mundo telúrico, anjos ou anfíbios tombados num limbo de incertezas. Fazia frio, e da floresta se derramava um som coagulado, retido numa bolha, fonte de águas negras e oleosas borbulhando dentro de uma caverna. Um galho se partia, um estalo de ossos insinuava-se na maciez do silêncio e a fome, uma criatura com vida própria e cravejada de dentes, crescia perigosa.

O primeiro corpo caído sobre as folhas dormia com frio, agarrado ao segundo corpo. O terceiro já estava desperto, com a perna dobrada, balançando o joelho direito para um lado e para o outro, contando cada movimento. O corpo do filho se abraçava ao corpo peludo do cachorro e tremiam de frio. O pai esticou a perna outra vez, sentindo uma pontada no estômago, e lançou sobre os dois um olhar desapontado de pena, culpa e raiva. Pena porque seu coração era cruelmente talhado ao vê-los com frio — antes mesmo de anoitecer, ele havia coberto ambos com suas duas blusas, deixando a maior parte para o filho, que não tinha a pelagem do cachorro. Para ele restara uma regata branca encardida, com uma mancha de sangue seco perto do umbigo. Sabia que não morreria durante a noite. Sentia culpa porque os dois eram sua primordial responsabilidade e parecia que aos poucos, dia após dia, ele não os tinha protegido, mas os guiado pelas mãos, com uma doçura insidiosa, para a morte. Por fim, a raiva brotava da impotência, do sentimento de derrota.

Olhou para o filho, para o cachorro, quis deitar sobre eles, aquecê-los um pouco mais, talvez. Mas desistiu porque acordariam. Depois olhou para a floresta atrás deles, uma densa massa sombria de árvores duras e geladas como lápides. Nenhum pássaro para comer a carne do peito, nenhum mamífero para arrancar a pele e tostar em uma fogueira. A fome puxava seu estômago para dentro numa dor que ele nunca havia sentido. Pressionar os dentes, morder com força um pedaço da regata, aliviava não a dor, mas a tensão. Imaginava-se comendo os vermes das árvores, mas eram todas crisálidas secas e vazias, sem nenhum resíduo de vida. O filho havia perguntado dos cogumelos, mas podiam ser venenosos. Comeram cascas, tufos de mato, folhas de árvores menores, insetos amargos que deixaram suas línguas escuras e ásperas, e depois vomitaram tudo — devolveram à terra o que era dela, oferecendo junto um pouco de sangue e suco gástrico.

O pai se apoiou no cotovelo esquerdo, jogou o corpo para o lado, foi se arrastando, quase sem força, até o filho e o cachorro. Estavam quentes e não acordaram, mas inspiravam com dificuldade e expiravam em sinistros assobios. Ele colocou a mão sobre a testa do filho e a recolheu preocupado, com o desejo impossível de recolher junto a sua febre. Levou a mesma mão suja, fria e magra até os cabelos escuros do menino e os acariciou, com medo de acordá-lo. Esticou um polegar sobre sua testa clara, ajeitou os cabelos que caíam de lado, lembrou-se de quando ele, ainda muito pequeno, um garotinho de colo com os olhos azuis redondos e curiosos, chupava com avidez aquele mesmo polegar. Outra vez, sentiu que podia chorar, e uma inesperada vontade de espirrar fez com que olhasse para cima, para a luz perolada que cobria tudo. Depois viu, esquecendo-se dos impulsos, um pouco de sol esfarelar-se entre as árvores como estrelas, com uma delicadeza que o deixou emocionado e fez com que por alguns segundos se esquecesse da fome.

O filho se mexeu e o cachorro abriu os olhos. O pai afastou o braço e sorriu. A luz que penetrara na floresta parecia ter tocado os olhos do menino, que os abriu com dificuldade, esfregando-os com as mãos sujas de terra seca. O pai imediatamente as puxou, evitando que ele se machucasse. Pegando a ponta da blusa que o cobria, limpou seus olhos com carinho. Eles não disseram bom dia nem se fizeram perguntas. Não tinham planos nem sabiam exatamente onde estavam. O filho acordou com fome, e não precisou dizer isso ao pai. Olharam a floresta com uma concentração ensaiada, perscrutando entre as árvores uma resposta para as suas vidas, ou simplesmente uma ideia do que comer. Depois para o lago, estendido sob seus pés como uma extensão profunda e líquida da noite, um mistério que eles não ousavam tocar com a ponta dos dedos. Tinham bebido um pouco de sua água, mas a urina saiu ardida e assim passaram a evitá-lo.

O cachorro ergueu-se com uma determinação que deixou o pai feliz e ao mesmo tempo incomodado. Sentia inveja daquela força que ele não possuía. O filho apoiou o corpo nos dois cotovelos, dando um impulso para trás, e manteve-se assim, meio sentado, admirando o lago e tentando evitar o olhar do pai. Se seus olhos tivessem se cruzado, teria chorado. O pai procurou manter-se frio, voltado para o cachorro, que cheirava umas pedras maiores ao pé de uma árvore. Seus pelos castanhos, antes reluzentes feito o flanco de um cavalo de corrida, estavam secos e opacos, com algumas falhas e machucados ressecados, e as costelas pressionavam a pele como se fossem rasgá-lo a qualquer momento. Olhou para o filho, sentiu a fome dele, o vazio, a esperança descorada crescendo como um anátema, o tempo passando. Olhou outra vez para o cachorro, seu corpo magro, mas ainda um pouco saudável, e depois para as pedras pontudas que ele ainda cheirava e circulava conforme num ritual. As mãos latejaram com a ideia.

Um gosto escuro oscilou dentro de sua boca como pequenos tumores, pedaços maciços de um pesadelo. O cachorro ergueu o pescoço, cheirou o ar, olhou desconfiado para a floresta e se afastou da árvore, das pedras. Depois se aproximou do filho, latiu — o latido ecoou, fez o coração da floresta inchar, alguma coisa arfou de susto e de dor. Alguma coisa estava fora do lugar. O cachorro sentiu medo, escondeu o rabo entre as pernas e sobre ele se sentou, fitando os olhos do pai com uma terrível ternura. O homem evitou encarar o cachorro, mas podia sentir a pedra entre os dedos, o peso esmagando a cabeça. Eles precisavam comer, ou morreriam naquele dia. E tal qual uma brisa azulada descolasse seus pensamentos e os transformasse em espirais no ar frio daquela manhã, o cachorro acompanhou seu plano, e baixou a cabeça resignado.

O pai dobrou as pernas com dificuldade e esfregou os braços frios antes de levantar-se. Demorou alguns segundos para estabilizar o peso do próprio corpo. Começou a tremer um pouco antes de sentir uma onda de tontura, que embaçou sua visão enquanto tentava recuperar o fôlego. Não sabia se teria a força necessária para erguer a pedra. O cachorro já estava virado, olhando para o lado com a sabedoria silenciosa que lhe cabia naquele momento. O filho ajeitou-se preguiçosamente embaixo das blusas, e o pai se perguntou se deveria avisá-lo antes, pedir desculpas pelo que faria. Com as pupilas dilatadas, os olhos eram dois borrões. Salivou com o cheiro da carne, com a possibilidade de se alimentar por alguns dias. As árvores também oscilaram numa tontura coletiva, um movimento hipnótico, subaquático, de cujas entranhas começou a escapar uma fina bruma que fez estremecer os ombros do pai.

Deixou o filho e o cachorro e caminhou até as pedras. Os dois permaneceram de costas, mergulhados na paisagem. O pai abaixou com dificuldade e escavou com as unhas, entre duas pedras arredondadas, uma terceira pedra, estreita com duas pontas e uma borda fina, pesada como uma guilhotina. O sangue voaria feito um pássaro vermelho. Agarrou a pedra e começou a descer a trilha de cascalho até os dois. Engoliu em seco, rezando pelo cachorro, sentindo cada vez mais pena e culpa, mas não raiva. Tomado de amor, aquele gesto seria perdoado e o sangue seria levado pela chuva. Um silvo de vidro atravessou o ar. O cachorro virou o pescoço e encarou o homem outra vez. Seus brandos olhos suplicaram e então se fecharam quando a pedra abriu a cabeça do menino. Eles precisavam comer, pensou o pai sem conseguir parar de chorar. O cachorro latiu em agradecimento e voltou a encarar o lago.

# REFÚGIO

Foi durante um dia de pouco movimento, quando a luz que descia pela Rua Defensa, em Buenos Aires, começava a cravar suas unhas de calor nos muros antigos, nas paredes externas das lojas, inchando a madeira das portas, aumentando a sensação de sufocamento de quem respirava com dificuldade. O suor pingava quente e pegajoso, cobria pescoços, colares, abria manchas nas golas e nos decotes — máculas escuras que incitavam uma sensualidade latina nos turistas europeus —, aquecia o topo das cabeças cheias de cabelos, deixava o chão brilhando de umidade, como se um caminhão de óleo houvesse tombado ali, derramando seu conteúdo sobre as pedras seculares. Estava quente a ponto de umas pessoas escorregarem no suor de tantas outras: algumas se seguravam em quem estava perto, puxavam seus braços, gritavam por socorro antes de soltarem um riso nervoso, ou entregavam-se à queda, quebrando o braço, torcendo o dedo, abrindo o crânio, partindo a medula.

 Foi durante esse dia extremamente quente, em que o doce de leite azedou depois de virar uma sopa marrom, em que as tintas escorreram dos quadros, em que a fiação elétrica dos postes das ruas faiscou até pegar fogo, em que a pele dos braços, da nuca, das partes expostas, perdeu sua cor e virou brasa, carne viva, em que anéis de prata derreteram sobre as mãos e vazaram por entre os dedos como mercúrio líquido — foi nesse dia, o dia mais quente da história, que aconteceu.

O antiquário ficava numa parte mais estreita da rua, espremido entre outros dois, cujos donos tinham corrido suas portas sem deixar nenhum aviso, ido embora para longe, esquecendo as luzes acesas, a gaveta do caixa aberta, o chá pela metade, as próprias sombras derretidas presas no tapete da entrada como restos de lama — até aquela tarde, ninguém sabia que era possível ser tão rápido a ponto de se desprender da própria sombra, abandoná-la antes que ela também se aquecesse e estendesse o calor para o corpo, incendiando-o. As sombras ficaram do lado de dentro dos antiquários como um registro da fuga dos donos.

Horácio e Angélico, duas uvas-passas quase emboloradas de oitenta e nove e noventa e seis anos respectivamente, permaneceram em seu antiquário apertado, esperando que algum turista afeito ao calor ainda passasse pela rua, se interessasse pela vitrine entupida de objetos, joias, chapéus e terços italianos de pedrarias, e entrasse para não somente falar do calor, pedir um cubo de gelo para meter nas partes ou embaixo das axilas, mas sim comprar alguma coisa, deixar alguns pesos ali — porque eles precisavam de muitos pesos para a mudança planejada para Tórshavn, nas Ilhas Faroé.

A temperatura daquele verão já não era mais insuportável, mas inaceitável, algo que não chegava a ser sequer pensado, discutido, analisado, encarado como realidade. O calor precisava ser ignorado tal qual um mosquito, até que conseguissem ir embora da América do Sul. Habitando uma ilha de ventos gelados, penhascos azulados, casas enfeitadas com vasos borbulhantes de tremoços e luzes glaciais, os dois poderiam voltar a pensar no calor sem o medo de enlouquecer.

Antes de colar na porta do antiquário com fita adesiva um aviso de que estariam abertos até a noite, Horácio havia tirado a velha camisa axadrezada de botões azuis e balançava os peitos flácidos com uma liberdade invejável. Angélico resistiu a tirar a camisa, mas quando sentiu que passaria mal, despiu-se não só dela, como também das calças de sarja marrom. Horácio o seguiu, jogando a calça sobre uma cadeira vitoriana que ninguém ousava comprar por causa do preço, mais alto do que manter o aluguel de um morto no Cemitério da Recoleta.

Os dois velhos ficaram assim, apenas de cueca e meias brancas, ora andando de um lado para o outro da loja, ora sentados atrás do balcão, refletindo se deveriam ou não ligar o ventilador.

— O vento vai bater no nosso suor.
— E daí?
— E daí que vento no molhado sempre refresca.
— Isso é um ditado?
— Como assim?
— Isso que você acabou de dizer, que o vento no molhado sempre refresca. Não é um ditado?
— Não, isso é uma verdade. Um fato.
— Ah, tá.

Os dois ficaram em silêncio. Horácio coçou os braços, deixando sob as unhas uma mistura pastosa de pele morta e suor azedo. Ligeiramente envergonhado, mas ainda em silêncio para não constranger o marido, ele concluiu, não sem repulsa, que pessoas velhas como ele tinham um cheiro muito mais forte. Um fedor, diria Angélico, que detestava eufemismos.

— E então?
— E então, o quê?
— Vamos ligar o ventilador?
— Não acho que seja uma boa ideia.
— Por quê?

— O ar está fervendo, meu querido, e o ventilador só vai empurrar esse ar quente para os nossos rostos.

— Mas já é alguma coisa, um refresco. Por causa do suor, como eu disse. O vento vai nos aliviar.

— Ou vai fritar a nossa cara.

— Seja positivo. Pelo menos agora.

— Eu estou sendo lógico. Não quero ficar com mais calor, entende?

— Posso ligar e ver o que acontece?

Horácio deu de ombros, enquanto Angélico deixou seu banco para ligar o ventilador. Era uma peça do próprio antiquário que tinham ligado inúmeras vezes em dias mais quentes. As pás metálicas pareciam retiradas de uma aeronave, e a estrutura, meio quadrada, perigosamente vazada, ameaçava decepar um dedo distraído. Angélico deu a volta numa cadeira, agachou sobre as pernas finas e brancas, baixando de leve a cueca suada sem querer e revelando para o marido o início da bunda. Horácio não ficou excitado, não conseguia se animar com aquele calor. E não foi somente o calor que o deixou sem reação, mas aquele pedaço de bunda meio assada, vermelha de irritação. Teria puxado qualquer objeto comprido para cutucá-lo, enfiar dentro de sua cueca, mas não tinha forças.

Angélico ligou o ventilador e ficou de pé outra vez. Deixou que o vento fosse direto para a cueca, e Horácio sentiu o cheiro de urina misturado com suor. Estranhamente, era isso que o excitava, sem que marcasse a própria cueca. Por um instante, enquanto Angélico voltava a se sentar ao seu lado atrás do balcão, pensou pela primeira vez na reação de um cliente que entrasse na loja. Eles nunca tinham trabalhado de cueca, revelado os pelos grisalhos do peito mole, as pintas, as manchas de velhice, as verrugas pensas como bolsinhas de carne. Lançou um olhar cheio de culpa e dúvida para um grande espelho que ficava na outra ponta do antiquário, voltado para eles. Eram ridículos, pensou, baixando ainda mais os ombros, parecendo o velho macambúzio que realmente era.

— Não acha que melhorou?
— O quê?
— Com o ventilador ligado?
— Acho que sim, mas ainda sinto calor.
— Isso a gente vai continuar sentindo mesmo.
— Pelo menos até a mudança.
— Pelo menos até a mudança — repetiu o outro.

Cruzaram os braços, mas isso só fez aumentar o calor, as barrigas arderam, começaram a sentir o próprio cheiro, que se espalhou pelo antiquário como o miasma de uma catacumba.

— Está sentindo esse cheiro?
— Estou, mas não quero falar disso.
— Por que não?
— Porque sei que vem da gente. Odeio esse calor!
— Eu também odeio. Será que estamos mortos e não sabemos?

Os dois riram.

— Eu preferiria estar morto a passar por isso.
— Mas estaríamos separados.
— Eu quis dizer estar morto com você, seu boboca.
— Ah, tá.

Horácio colocou a mão enrugada sobre a coxa de Angélico, mas o carinho teve de ser rápido, como se levasse um choque. Por mais de dois segundos, o toque das peles viraria uma ferida, de tão quente que os dois estavam. Angélico gostou do gesto e teria agradecido aquele carinho inesperado, se não fosse o suor que o vento jogava dentro de seus olhos, que então começaram a arder.

— Você está bem?

— Meus olhos. O suor.
— Você tem que fazer que nem eu, ir limpando sempre com os dedos.
— Malditas sobrancelhas de velho!
— As minhas também estão ralas.
— Por mais que eu limpe, sempre volta.
— Desliga o ventilador.
— Não posso fazer isso. Tenho medo de morrer assado aqui dentro.
— Posso abrir a porta.
— Só vai piorar. O inferno é lá fora.
— Não são os outros?
— O quê?
— O inferno não são os outros?
— Não, é lá fora! Quem disse isso?
— Acho que o Sartre.
— Você deve ter bebido seu próprio suor pra estar falando essas coisas.
— Não precisa ser grosso.
— Se não fosse salgado, eu beberia. Estou com sede.
— Podemos beber a água do banheiro.
— O encanamento é antigo, tubulação de ferro. A água deve estar fervilhando.
— Boa para um chá.
— Só se for pra colocar seu saco dentro.
— Você está mal-humorado.
— Desculpa, mas a sede me deixa assim. Não sei mais o que fazer.
— Só estava brincando.
— Eu sei.

Horácio e Angélico voltaram a ficar em silêncio. Uma luz atravessou seus rostos quando uma pessoa passou pela vitrine, mas logo se apagou quando ela continuou andando e desapareceu. Os lustres, as joias, os broches, uma coleção de taças de cristal, um faqueiro de prata de 1881, tudo faiscava e parecia fazer aumentar a sensação de calor dentro do antiquário. Horácio teria puxado um lenço de seda, que começava a soltar fumaça como se fosse pegar fogo, para secar o suor do marido, mas sabia que isso o irritaria. Quando começou a sentir a boca seca, percebeu que também tinha sede. Angélico mal respirava e não se movia.

— A água da privada — disse Horácio, de repente.

— O que tem a água da privada?

— Ela fica parada na louça. Não deve estar quente como a água do encanamento.

— Eu não vou beber água de privada!

— Tudo bem, foi só uma ideia.

— Não temos gelo na geladeira lá dos fundos?

Horácio pensou por um instante e até pensar parecia difícil. Lembrou da geladeira vazia, desligada há muito. No entanto, seu rosto se iluminou outra vez, como se de repente fizesse frio ou tivesse entrado o primeiro cliente do dia. Angélico demorou a se virar para ele, e quando o fez, riu de sua expressão de maravilhamento.

— O que foi? Teve uma boa ideia?

— Você falou de gelo e isso me fez pensar nas Ilhas Faroé, naquelas águas esverdeadas, que me lembraram de uma única bala de menta guardada na gaveta aí na sua frente.

— E o que tem uma coisa a ver com a outra? Eu estou com sede, Horácio.

— Não vai matar nossa sede, amor, mas se um de nós chupar a bala, a boca vai ficar refrescante e podemos nos beijar para que alivie um pouco do calor.

— Isso só pode ser brincadeira sua.

— Não é, não.

Horácio esticou o braço trêmulo e vermelho de suor e puxou a gaveta do balcão. Papéis, pequenos blocos de anotação, um carimbo, anéis de ouro falso, canetas-tinteiro secas, ingressos antigos de cinema, botões, embalagens de chocolate suíço da década de cinquenta e dois parafusos dividiam aquele espaço com um pequeno cubo embalado em papel vegetal. Esse cubo era a bala de menta. No instante em que Horácio abriu a gaveta, o perfume se desprendeu e quase deixou mais fresco o ar entre ele e Angélico, que tomou a bala nas mãos, abrindo-a como se tivesse fome e atirando-a com pressa boca adentro. Horácio sorriu, vitorioso.

Os dois não chegaram a se tocar, não usaram as mãos como normalmente teriam feito. Não pareciam o tipo confortável de casal, mas dois estranhos preocupados com a etiqueta daquele instante, desconfortáveis com sua palpável falta de intimidade. Aproximaram-se devagar quando a primeira indicação foi a boca aberta de Angélico, cuja língua branca e seca dançava com a bala esverdeada. Horácio também abriu a boca e seus dentes faiscaram antes do beijo.

Os lábios se colaram de um jeito estranho, escapou saliva, que virou mancha e então fumaça ao tocar o chão de madeira quente da loja. Sentiram que a ideia dera certo, suas bocas estavam cada vez mais frescas e a produção de saliva aumentou exponencialmente. À medida que suas cuecas ficavam cada vez mais apertadas, a bala derretia com mais rapidez, embora, com o frescor do beijo, o frio de suas bocas só aumentasse, para surpresa de ambos.

A fim de refrescarem não somente o interior de suas bocas, mas também parte dos seus rostos, que poderiam receber aquele bafo gelado de menta, eles tiraram, ainda de olhos fechados, suas dentaduras. Suas línguas acabaram de derreter o restante da bala, passaram a lamber as gengivas, as bocas ficaram mais largas, cavernosas, foram esticando, aumentando de tamanho como grutas nas quais eles podiam se refugiar do calor.

    Imprimindo um pouco mais de força no beijo, Horácio deslocou o maxilar de Angélico, rasgou o rosto do marido até as orelhas e enfiou a cabeça dentro de sua boca. Em seguida, colocando-se na ponta dos pés, deixou que ela deslizasse para o começo da garganta, onde teve o rosto tomado por uma longa e almejada sensação de frescor. As narinas de Angélico encheram-se de um sangue fervilhante que começou a cobrir o corpo do marido. Os dois permaneceram assim, parados, conformados, cheios de gratidão e alívio, até que o sufocamento finalmente os libertou para uma temperatura mais amena.

# DEVÂKCHA

Dócil, pura e calma, a boneca ficava em um armário de bétula na parede oposta à única janela da mansarda. As duas portas do móvel, antes envernizadas e pintadas de verde, estavam lascadas nos entalhes finos da madeira onde um dedo descuidado revelaria um pedaço de carne e um pouco de sangue. Nos fins de tarde, o sol ardia através dos quadrados de vidro, atravessava o ambiente formando no ar um caminho de poeira iluminada e se projetava em um tabuleiro de quatro partes nas portas do móvel. Enquanto a boneca permanecia no armário, a pequena Beta era colocada num banco alto com as perninhas abertas, e o chocolate derretia até cobrir suas mãozinhas vermelhas e inchadas.

Osíris tinha tudo pronto quando a pequena Beta fingia comer seu chocolate. Ela fingia porque o prazer estava no instante do derretimento, a massa escura encobrindo as unhas e o sangue coagulado das cutículas, o perfume do cacau e das amêndoas lançado para dentro das narinas feito um veneno antálgico. Porque, sim, elas continuavam irritadas e vermelhas, as narinas, uma rinite incurável que passava de geração para geração como um emblema de sofrimento. E a pequena Beta não usava lenços de algodão ou de papel, mas a renda das barras de todos os seus vestidos. Eram cobertas por uma linha amarelada de ranho seco que lembrava pequenas pedrinhas opacas — costuradas no tecido, logo se desfaziam como sabonete.

Enquanto ela se divertia, espalhando ali o fluido contínuo herdado da mãe, Osíris era ambivalente em relação ao ato: achava repugnante e sempre desviava o rosto para o outro lado, no entanto admirava a tonalidade única à qual as rendas se rendiam. Ele calculava se era possível criar uma nova tinta com muco humano, de preferência do mais sujo, que lembrasse mostarda, ou mesmo translúcido, com um cheiro forte e salgado que remetesse ao mar, sêmen de peixe.

Assim que o chocolate era colocado entre as mãozinhas da pequena Beta, a paleta com as cores estava pronta, a mesinha com as bisnagas de tinta à espera, a antiga lata de cobre trabalhado fechada para os tons mais improváveis. O banco onde ela se sentava tinha quase a sua própria altura, perfeito para as telas de Osíris, igualmente baixas. O cavalete ficava muito próximo à linha solar, mas nunca recebia luz diretamente porque Osíris também a evitava, sentando-se em outro banco diante de uma pequena mesa encimada por um cálice de alabastro verde-leitoso. Por que não cobria a janela com uma cortina? Ali o peso da escuridão não impedia a luz de entrar. A própria Beta, tão pequena e ao mesmo tempo tão robusta, coberta por um mar de sardas que lhe crestavam o rosto infantil e quase mongol, continuaria iluminando o ambiente, infeccionando a mansarda com o calor que lhe escapava dos olhos azuis, dos bracinhos claros, do meio das pernas, sempre abertas. Porque havia regras: ela precisava permanecer assim e o chocolate precisava derreter.

Havia uma disciplina, havia um roteiro, havia um espetáculo. Atos a serem seguidos.

Antes de dar a primeira pincelada da tarde, Osíris sorria para a pequena Beta já pronta em seu banquinho, caminhava até o armário, puxava com extremo cuidado as portas lascadas e então, na claridade alaranjada que invadia o móvel, sorria para a boneca, sentada sobre um pequeno monte de flores secas. Era feita de madeira e um pouco menor do que a pequena Beta. Usava meias com listras vermelhas e brancas, sapatos escuros e reluzentes como a pele esticada de uma ameixa e um vestido florido enfeitado por um camafeu de ágata com a figura de um anjo sem cabeça. No lugar dos olhos, dois botões de ônix. Um terceiro olho, maior e quase retal, com o lume gelatinoso que distingue a vida da morte, que dá essência à textura cognitiva do homem, ocupava, ainda fechado, o centro da testa.

Devâkcha era seu nome, gravado em tinta azul no crânio coberto de cabelos escuros e humanos. Do ônix esquerdo saía uma gota de cristal. Osíris acariciava as pernas da boneca, tamborilava os dedos grossos sobre sua barriga. Num gesto elaborado, tal qual um feiticeiro, puxava o cristal delicadamente. Uma corrente de prata saía da pele dura, escorria, e o terceiro olho se abria. Lentamente, Devâkcha afastava as pernas à medida que o cristal e a corrente desciam, num mecanismo intrincado criado havia muitos anos por uma seita secreta de Pádua. De seu miolo uterino, da vagina que era a face externa de um par de conchas talhadas com muito cuidado na madeira nobre, se rompia um ruído. Lembrava uma tosse, depois ascendia devagar, como guiada por um maestro, a mesma ópera italiana de todas as tardes. A música ia aos poucos ocupando o ambiente, entrando nas paredes manchadas de umidade, nos vãos das tábuas do chão, nas tintas de Osíris, nas rachaduras do vidro da janela.

Satisfeito, Osíris agradecia à boneca, primeiro com os olhos fechados para sentir a música, em seguida com uma reverência exagerada. Depois, caminhava de volta até o cavalete, erguia a paleta com as cores, mergulhava nelas o pincel e dava continuidade ao trabalho iniciado no dia anterior ou simplesmente começava outro. O olho esquerdo permanecia fixo, voltado para a pequena Beta, enquanto o olho direito, piscando exatamente quarenta e três vezes por minuto, se mantinha voltado para a tela.

Só quando a música terminava e recomeçava, com a boneca Devâkcha batendo os calcanhares, ainda sentada em seu monte de flores secas, os visitantes chegavam um a um.

A porta da mansarda, logo atrás do banco da pequena Beta, dava para a rua porque os outros quatro andares da casa eram subterrâneos. Por esse motivo, as janelas nos outros andares não eram exatamente janelas, mas dezenas de telas de Osíris representando uma estação do ano para cada andar. Os visitantes, sempre em trios, entravam por uma antiga porta visível da calçada, acariciavam os ombrinhos da pequena Beta como um único possível cumprimento, tiravam os chapéus e finalmente se sentavam num sofá puído de três lugares, do qual observavam o trabalho de Osíris e os pequenos saltos da sua esposa anã na cadeira, querendo coçar-se enquanto o chocolate começava a pingar e a sujar o chão.

Em sua maioria, os visitantes eram homens bem-vestidos, altos, que às vezes mal passavam pela porta. As mulheres usavam os melhores vestidos de gala, brincos de pérolas e colares de esmeraldas, porque assistir àquela performance era um momento único em suas vidas. A arte era reconstruída, reinventada. Eram raríssimas as vezes em que crianças ocupavam o sofá porque na cidade sabiam o quão assustadora podia ser Beta. Uma vez, um menino de quatro anos tentara roubar o pedaço de chocolate que derretia nas mãos da anã, e ela o mordera no ombro, arrancando um pedaço de carne e expondo sua omoplata. Aos prantos, os pais levaram-no para o hospital e nunca mais voltaram. Uma mancha de sangue havia se infiltrado no chão, logo abaixo do banco de Beta.

Era um lembrete de quão perigosos os visitantes poderiam ser e do quanto era essencial manter os dentes afiados. A propósito, eles eram separados por meio centímetro cada um, despontando como estalactites e estalagmites de calcário bem-escovado. E é preciso também acrescentar que, embora a anã fosse violenta e desconfiada, de seu queixo crescia uma longa barba ruiva, de pelos lisos e desfiados que faziam cócegas entre seus seios.

Assim que o chão ficava devidamente encharcado de chocolate, as formigas surgiam de todos os lados, castanhas e famintas. Quando apareciam, atraídas pelo açúcar, Osíris começava a babar uma baba grossa e brilhante.

Ele continuava pintando, mantendo o olho esquerdo na esposa anã que deixava derreter o chocolate, o olho direito na tela onde as cores tomavam forma; os visitantes continuavam indo e vindo, entrando e saindo, chegando e partindo durante toda a tarde até de noite, trêmulos e suados; as formigas continuavam morrendo grudadas no chocolate, presas naquele estranho ritual. A ópera gritava de dentro das pernas da boneca. A pequena Beta ria, Osíris babava, os visitantes se remexiam no sofá, com nojo e prazer, uns com vontade de vomitar, outros desafiados pelo desejo de agarrar os próprios genitais.

A cada pincelada, a cada gota de saliva que escorria pelo queixo de Osíris, ele puxava rapidamente o cálice de alabastro com a mão que segurava o pincel. Então a saliva era acumulada ali, até encher a peça, quando enfim os últimos visitantes se erguiam, colocavam seus chapéus, arrumavam seus vestidos amassados e deixavam a mansarda entre suspiros e comichões.

Outra vez a sós e com a boca seca, cansado, mas feliz, Osíris depositava o pincel e a paleta na mesinha, sob o olhar contente de Beta. Em seguida agarrava o cálice com o polegar e o dedo indicador, caminhava outra vez até o armário, inclinava a boneca para trás com muito cuidado e entornava a saliva no meio de suas pernas de madeira, onde uma pequena planta carnívora gemia, se recolhia e encolhia. Num último engasgo do dia, a música silenciava. *O mio babbino caro*, dizia a pequena Beta entre risadinhas que lembravam bolhas de sabão estourando no ar.

Osíris fechava o armário, ia até a esposa anã e lambia suas mãos cobertas de chocolate quente enquanto esmagava as formigas com os joelhos. Ela ria e se contorcia, ele ria e se contorcia, ansioso para que algumas das formigas tivessem escapado de seu peso e entrado em suas calças para mordiscá-lo de leve na dobra dos joelhos ou se enroscado nos cabelos de suas partes.

O sol escorria atrás do mar, a metade de um disco amarelo em sua superfície contaminada de luz, e quando a escuridão tomava a mansarda, eles desciam por um alçapão para jantar no Andar da Primavera.

Dentro do armário, atrás das portas fechadas, a boneca batia os calcanhares e por entre as pernas deixava escapar um sonoro arroto.

# LEMNISCATA

Preste atenção. Primeiro vejo as mãos de tamanhos e cores diferentes. Como num jogo de xadrez, ocupam espaços e flanam sobre os livros como se em seus flancos vissem o rastro de uma armadilha improvável, um conto impossível. Um fim de tarde inchado de sol e suas flechas amarelas cravando as estantes, meu corpo, a maçã aberta e escura no sono do lustre. Linhas de ouro e cobre cortando a poeira que sobe dos livros, se espreguiçando, espiralando no ar feito o sopro azulado de um incenso, o voo de um inseto. E eu aqui, ou lá, não sei, atrás da minha mesa, vejo as mãos, o toque, o encontro. Depois vejo o sorriso dele, a cor de vinho no rosto dela, uma vergonha rompida num riso e alguma coisa vibrando, para sempre, para além das folhas, dos livros, da tarde, do tempo. Da vida, da morte. Uma coisa que se abre de repente, trêmula, garoando vermelha como se rompesse uma romã cheia de contas de vidro, doces e rubras. E eles se beijam sem saber que vejo. Depois eu ouço, ou acho que ouço, penso que ouço o começo do jogo: os risos, os lábios, alguma coisa estala. E eles saem de mãos dadas, deixam os livros, a poeira, a tarde, suas próprias sombras assombradas com aquele sentimento que deságua, que nem mesmo o sol saboreava, tampouco eu esperava. Vão para a rua, amam, se amam, os ponteiros passam, grãos de areia vazam, se casam na mesma igreja onde a vó Marta ainda reza e faz de morada. Chegam à ponte no fim da estrada perto da praia, onde deixam correr os balões de prata que sobem e sobem e sobem até virarem moedas num céu cinza de lata. Ouço, ou assim ouvi, soube, ou assim saberei — porque o osso do tempo é oco e se quebra aos poucos, tudo se mistura e eu já não sei se estou na livraria com minha maçã —, que os balões bateram numa ave, o susto da ave derrubou uma aeronave, cujo bico afundou no mar, matando todos menos um. No cemitério marinho (não o de Valéry), quem viveu nadou até uma ilha, com água de coco, folhas, urtigas, súbitas ondas de sal abrindo caminho em suas trilhas, pássaros desossados, rasgados, a carne da sorte que aparecia. Enquanto ele comia, esse homem da ilha, muito longe dali, no continente, gente chorava, gente gemia, vestida de preto, de seda, do que servia, enterrando saudades em caixas vazias. O acidente de avião abriu corpos e feridas, matou um monte, entre eles o Marco, o Gustavo, a Regiane, a Marianna, a Stephanie, o Maurício, o Raphael, o Santiago, a Lívia, e a Cecília, que tinha um filho com o homem da ilha. Ele se chamava Lucas, assim eu ouvi, ouço, ouvirei, e nada do que me dizem condiz, porque ele ainda é vivo, não estava no voo, e escreveu suas memórias sobre o pai que achava morto, enterrado no mar, como a Cecília, sua mãe, e a Lívia, sua tia. Lucas escreveu um livro sobre o pai sumido, o pai ilhado, isolado pelo acidente, e por causa dele, das vendas, dos euros, dos voos, avistou a ilha onde o pai consumia seus últimos dias. Foi resgatado quase sem vida, eu ouvi ou ouço agora pelos lábios de quem compra comigo o livro do Lucas e diz que o pai também vai escrever, ele, Umberto, também escritor, antes do filho, bem antes de sua pena vazar a tragédia do avião. Ficaram mais ricos do que pretendiam, pai e filho, eu ouvi por aí, pelas bocas do bairro, nos cafés onde a água quente do chá não esfria, eu ouvi por aí, e também que compraram um castelo na Normandia, e doaram parte da fortuna para as famílias que sobraram depois do acidente, aquelas que ficaram vivas. A vida de Umberto vira filme, ganha prêmio, se multiplica, espalha suas raízes da infância até a ilha, onde comeu morcego, tomou banho de lua, costurou suas dores com fibra. E Lucas escreve mais livros, mais notas, mais fatos, mais fitas, ficção, fricção, dispara nas listas com contos que arrepiam, romances que alucinam, voltas ao mundo em tantos, tantos dias. Um dia se casa com a atriz de seus filmes: festa branca, manacás floridos, roupas de linho, trio de violinos, alianças de platina, doces de figo, vulcões de chocolate sobre as mesas redondas cheias de brilho. Um dos convidados é um menino, Claudinho, de olhos pretos e covinhas, dentes de leite e um lençol de sardinhas, e ele tosse com o bolo de coco, vira ânsia pelo embrulho no corpo, cospe sangue do mezanino, e cai lá de cima feito boneco de ovo, o menino, casca frágil se abrindo no meio da gente, no meio de um ninho. Claudinho é um sopro, uma foto, um adeus no casamento tão chique, tão limpo, tão fino. Pobrezinho. Coitadinho. Jesusinho. Ouve-se todo tipo de inho, inclusive choro baixinho e gritinhos. Seus pais são filhos de casais que se foram no cemitério marinho: primeiro na água, no mar, agora no engasgo, no ar, perderam seus entes amados, queridos, e nada pode ser feito. Nada. O menino está morto, talvez enterrado, empalhado, incinerado, virado as cinzas que ninguém imaginou combinarem com suas roupas coloridas, suas covinhas. Claudinho, eu ouvi, ainda ouço daqui, como quem usa os ouvidos de um bicho para ouvir, não um copo na porta, mas o próprio bicho, talvez virasse padre, talvez casasse a filha de Lucas, mas isso se vivo ficasse, se no mezanino não estivesse, se a própria vida amasse como seus pais o amavam com toda a pompa e toda a classe. Eles não conseguem ter outro filho, outro menino, outro bebezinho, mas com a ajuda de Carol, barriga de aluguel e bailarina, terão Cristina, uma menina pequena, tamanho de amêndoa, um pêndulo, uma coisinha que não cabe no peito ou nos olhos dos pais que a protegerão para sempre, quiçá num êmbolo. Carol não aguenta o vazio, o arrepio, a falta da filha que nunca foi sua, dela, ou minha, sempre da outra família, cria da mais-valia, sempre da outra que não sua pele, sua virilha, sua sapatilha, sua linha. A bailarina, então, se corta, corta, corta, assim eu ouvi, e torta, sem sorte, entregue ao sussurro da morte, se corta mais fundo, sem chão ou mundo, e num segundo morre, sem que o marido na banheira a socorra antes de pensar morra, porra!, com o rancor de um cancro lhe comendo, à noite, a fome, a sede, o vinho, a borra. Todo mundo morre nesse breu de sorte? Todo mundo é morte nesse céu que escorre? O marido, eu soube, sei agora, foi embora, longe daqui, muito longe. Tão longe que mora onde a língua está no norte, o tempo está na frente, a carne vem com fruta amarga, o chão é um grande lago de vidro, um aquário de neve onde as pessoas falam sueco. E foi com Liv, uma sueca, que ele se casou, eu soube ou ouvi. Casaram-se nos ventos do mar Báltico, e num átimo, como se fosse o último, deram um beijo, e o amor foi seu álibi, ela foi a âncora, e sob uma árvore, ávidos, viveram o êxito dos campos, usaram seus músculos, abriram seus tampos, fizeram filha, filho e filho, nessa ordem, ridículas e únicas, as crianças lúcidas da cólera do tempo. O filho dois, depois dos vinte, também se foi, mas para o sul: fechou a mala, deixou a sala, a casa, abriu as asas, o cavalete, foi para um quarto morar com seu mentor, juntar os guaches, as tintas, o calor, amaciar o áspero do corpo, o leite azedo de sua cor. Eram dois homens, eu ouvi, envolvidos ali, numa cama de lençóis azuis como água, a carne dura, aprumada, as coxas flexionadas sobre os óleos de Dalí. Embaixo do quarto, no quarto mês do ano, fazem seu lastro: livraria com cor de barro, cheiro de cigarro bem no meio do bairro, onde a gente passa e se encanta com a palavra que é lava e lavra. Eles me contratam, eu entro e desato a chorar, olhando para tanto livro. Nesse altar, celebro sem recato e vejo tudo, cada um que aqui entra e toca uma capa, folheia um ato, cada gesto é sensível, é louvável. Um casal entra e se esconde, sei bem onde, sinto afeição. Primeiro vejo as mãos de tamanhos e cores diferentes. Como num jogo de xadrez, ocupam espaços e flanam sobre os livros como se em seus flancos vissem o rastro de uma armadilha improvável, um conto impossível.

# TREZENTOS (E UM)

Ele chegou com um envelope de papel pardo, pequeno e fino, como se ali dentro não houvesse nada. Não passaria de trinta gramas quando colocado na balança. No atendimento, poderia ter preferência pela simplicidade de sua postagem, pelo tamanho da carta. Poderia ter preferência pela beleza da caligrafia, oculta lá dentro; pela humildade daquele envio tão barato, tão pequeno, tão comum. Nada do que ele tinha escrito era comum, não; as palavras lá dentro eram mais pesadas do que o envelope, misteriosas e especiais, eram honestas e tinham marcado o papel com tinta verde. Mas ninguém sabia disso, ninguém daria importância a isso, de modo que ele teria de aguardar as outras vinte e cinco pessoas que esperavam ser atendidas antes dele.

Era um dia como outro qualquer, então não havia uma razão plausível para aquele correio estar tão cheio. Não estavam perto do Natal, não houvera greve por parte dos carteiros nas semanas anteriores, nem feriado; na verdade, ninguém deveria estar ali. Os velhos tinham preferência, abusavam dela com sabedoria e ele considerava isso correto. Era direito deles. Esparramavam seus corpos frágeis e trêmulos nas cadeiras da frente, cobertas por um aviso de prioridade que brilhava em amarelo sobre um fundo azul-marinho. As cadeiras de trás eram igualmente ocupadas por mulheres, casais, homens gordos enfiados desconfortavelmente em roupas sociais e suadas, marcadas por vincos antigos e cheiro de perfume mentolado, uma grávida segurando uma caixa de pães de mel alemães que embalaria ali mesmo, atrasando ainda mais as pessoas. Todos seguravam em uma mão o papel com a senha cuspida pela máquina, mas só a maioria levava seu envio bem seguro na outra mão ou pousado no colo: 81% de objetos registrados em envelopes grandes e pequenos (40% deles com aviso de recebimento), 9% de caixas pesadas com envio rápido, 6% de pacotes menores, 3% de folhas soltas que seriam envelopadas no momento do atendimento e 1% que não segurava nada porque estava ali para retirar encomendas num guichê específico, o guichê de número nove, na parede à direita. O envelope dele era a exceção por ser pardo e comum, sem selos. Ele também não sabia de que forma o enviaria, mas mesmo com uma senha predefinida, podia mudar no último instante sem que ninguém soubesse ou pudesse reclamar.

Uma mulher japonesa e séria, com aparência de professora de linguística, deixou o guichê de número sete, fazendo a fila avançar e a espera dos outros diminuir em alguns minutos. Mas no instante em que ela deixou a agência e uma pessoa foi chamada a ficar em seu lugar, outras cinco entraram, pegaram suas senhas e passaram a esperar de pé. Naquele momento eram vinte e nove pessoas na espera. Aqueles cinco novos clientes (três mulheres e dois homens, todos com envelopes) olharam com desgosto para a quantidade de gente aguardando sentada. Reviraram os olhos, disfarçaram o mau humor mexendo nos celulares e nos próprios envelopes e mal sentiram alívio quando outras duas pessoas deixaram a sala da agência, devidamente atendidas e satisfeitas, exibindo malícia e superioridade para os outros pobres mortais que esperavam. Ele respirou fundo e pensou na carta que escrevera. Não precisava de tanta espera. Enquanto olhava o envelope, viu a fila se encurtar, mas dezoito pessoas entraram (com envelopes e pacotes médios), retiraram suas senhas e esperaram de pé, ao lado dos outros cinco insatisfeitos, que agora podiam sentir uma ligeira vantagem, já que não eram os últimos. Olhou para o relógio: o correio fecharia em quarenta minutos. Mais duas pessoas terminaram de ser atendidas e foram embora felizes, com sorrisos detestáveis em suas expressões insolentes. Quando saíram, esbarraram os ombros nos outros vinte e três que ainda estavam de pé e foram veementemente achincalhados. Ridículos, idiotas, imbecis e babacas foram só alguns dos xingamentos proferidos. Assim que saíram, outras trinta e quatro pessoas entraram, carregando todos os tipos de encomendas, demoraram três minutos para pegar suas senhas e esperaram a contragosto atrás e ao lado dos vinte e três impacientes. Agora havia cinquenta e sete pessoas de pé, quase bloqueando a saída e entrada do correio, lançando olhares furiosos sobre os atendentes atrás dos balcões, com seus computadores suados, as camisas marcadas por manchas de cansaço e preguiça, os olhares de condescendência. Ele virou o envelope entre as mãos e releu os endereços anotados em caneta preta dos dois lados. Anotava sempre o destinatário com uma letra maior, numa caligrafia caprichada. Sua atenção foi desviada para um único velho usando uma boina cinza que saiu lentamente do guichê e não se atreveu a olhar para ninguém da horda que se mantinha de pé. Sentiu o medo que o velho sentia, e tentou não ficar mais nervoso olhando para o chão. Um homem do grupo de cinquenta e sete pessoas, um ruivo de nariz adunco que torceu a boca diante dos passos contidos do velho, esticou a perna para fazê-lo tropeçar, mas o velho foi mais rápido e pulou com uma agilidade impressionante. Alguns riram, outros olharam com ódio para o ruivo, que suspirou fundo e cruzou os braços, furioso. Quando a próxima senha apareceu piscando em vermelho num televisor diante das cadeiras de espera, a grávida com a caixa de pães de mel se dirigiu ao guichê de número dois e uma mulher do grupo que estava em pé amaldiçoou sua barriga: *Aposto que se aproveita desse bebê pra tudo.* Outra mulher ao seu lado, segurando uma caixa do tamanho de uma melancia, concordou com ela, e ambas fuzilaram a grávida como se assim pudessem fazê-la explodir bem ali no meio de todos.

Ele girou o envelope entre as mãos outra vez e quase deixou-o cair quando o seu cotovelo foi empurrado para a frente. Assustado, olhou por cima do ombro e viu que a turma de cinquenta e sete clientes que estavam de pé tinha avançado alguns passos, ocupando o corredor central que dividia as duas dúzias de cadeiras. Isso porque mais setenta e três pessoas entraram no correio, empurrando a todos, com pressa para pegarem suas senhas. Uma clareira foi aberta e logo ocupada por aqueles que possuíam a senha em mãos. Viu que não havia mais espaço para ninguém, a não ser um retângulo comprido de meio metro entre as cadeiras e o balcão dos guichês, onde geralmente ficava o atendimento. *Que inferno!*, gritou um homem olhando para trás, e tanto os que estavam de pé como os que estavam sentados também olharam e uma série de vozes começou a borbulhar no recinto, chamando a atenção dos atendentes. Três pessoas que estavam nos guichês terminaram de ser atendidas, mas não conseguiram sair da agência cheia e tumultuada. Ninguém se moveu para deixá-las passarem, para que finalmente, depois de quase uma hora, fossem embora. *Com licença, por favor!*, bradou uma senhora de olhos estreitos e azuis. *Sai da frente, porra!*, berrou um rapaz, erguendo os braços e começando a dar cotoveladas nas cabeças mais próximas. A terceira pessoa era muda e encolheu os ombros diante daquelas cento e trinta ainda em pé. Quando ele pensou em mudar de lugar, para um assento prioritário pelo qual ninguém parecia que reivindicaria, todas essas pessoas se acumularam na frente dos guichês, berrando e gritando, reclamando dos empurrões e dos chutes que começavam a receber nas pernas e nas nádegas. Outras quatrocentas e doze entraram no correio, se espremendo e forçando passagem, ávidas por chegarem na máquina que emitia a senha. Quando a quinquagésima segunda foi tirar sua senha, a máquina queimou. A mulher, enfurecida, começou a chutá-la. Um segurança, que estivera durante todo aquele tempo espremido na parede do canto esquerdo, abriu passagem entre as pessoas, mas de nada adiantou. Ele foi golpeado nas costas por três rapazes, enquanto a mulher se abaixava, descalçava um dos sapatos e golpeava a tela da máquina com o salto agulha. A tela trincou, depois explodiu e ficou preta, lançando um jato de fragmentos de vidro sobre ela e sobre outras vinte pessoas que estavam em volta. Todas foram perfuradas pelo estouro: nos olhos, nas bochechas, no pescoço, nos ombros e braços. Duas mulheres golpearam a que quebrou a máquina, e o sangue começou a se espalhar em cascatas. Algumas pessoas sufocavam com os cacos de vidro presos na garganta e pequenos jatos vermelhos eram projetados sobre tantas outras ao redor. Todos avançaram sobre os guichês, empurraram as cadeiras, ele também foi levado. Mais de mil pessoas tentavam entrar e quebravam as portas que ocupavam um lugar precioso no correio. Os atendentes se assustaram e pediram calma. Um deles, um homem baixinho de suspensórios, apontou para o televisor e explicou entre gritos que todos deveriam obedecer a sequência de senhas. *Vamos manter a ordem, por favor! O correio fecha em menos de quinze minutos*, berrou, ficando vermelho e quase sem ar. Um grupo de quatro pessoas ajudou uma quinta a puxar o televisor, que foi atirado contra os guichês. *Quero mandar minha encomenda!*, berrou uma velha. Uma criança ao lado dela mordeu sua coxa, e a velha urrou de dor. Inconformada, enfiou o celular no nariz da criança, que começou a sangrar. As pessoas que ainda tentavam entrar começaram a subir sobre as outras que estavam lá dentro. Lâmpadas estouradas, cadeiras jogadas, ombros deslocados. Os atendentes foram encurralados numa sala atrás dos guichês e tão espremidos que deles só restou uma pasta vermelha cobrindo a parede, misturada com ossos, pele viscosa e tufos de cabelo. Gritos tomaram conta do lugar, alguns bradando por justiça, outros apenas extensões da fúria que já formava espuma em muitas bocas. A espuma se misturava, escorria nos poucos trechos de chão não ocupados, fazendo alguns escorregarem, mas ninguém caía porque os corpos mais próximos não permitiam. Braços foram quebrados, os velhos foram atirados para o lado da sala, as crianças, jogadas por cima das cabeças como bolas de tênis, quicando de um lado para o outro, e ele viu quando uma cabeça decapitada passou rolando sobre todos como um troféu. O cheiro de sangue, suor e caos se misturava e era nojento. Logo as pessoas estavam vomitando, pisando umas em cima das outras, beliscando, mordiscando, dando cabeçadas. Alguém mordia as cadeiras como se isso fizesse alguma diferença. Os envelopes eram jogados para cima, rasgados, enfiados na bunda de quem passava sem roupa por cima das cabeças tontas de dor e fúria. Logo, várias pessoas estavam cegas e surdas. Dois homens tentavam arrancar a língua de uma mulher que não parava de gritar enquanto uma quarta pessoa batia em sua cabeça com um grampeador roubado dos guichês. Começaram a abrir os pacotes. As caixas voaram pelas mãos erguidas, derrubaram livros, roupas e garrafas de vinho, que foram usadas como arma. Um homem conseguiu chegar à mesinha de café dos funcionários e despejou a bebida quente no ouvido de um rapaz que tentava encoxá-lo. Duas mulheres estavam presas na estrutura que segurava o televisor e se beijavam como se nada vissem ou ouvissem. De alguns pacotes saltaram presentes ainda embrulhados, copos, uma frasqueira de metal usada para moer os restos mortais do que tinha sido alguém inconveniente, e até um faqueiro suíço, que a grávida usou para realizar a própria cesariana, ainda que fizesse força com as pernas abertas por duas freiras nuas e manchadas de sangue. Um crucifixo balançava de uma das lâmpadas quebradas no teto. Algumas pessoas riam num canto, outras cantavam uma canção do Simon & Garfunkel estalando os dedos, enquanto as últimas, próximas à saída, pulavam fortemente para serem ouvidas e também para que conseguissem impulso e assim caíssem sobre as outras. Pularam e pularam, e numa interminável e crescente onda, outras centenas de pessoas — 1.667 —, as que ainda estavam vivas, também pularam. Os pulos, antes tímidos, ficaram cada vez mais altos, mais fortes, os pés pesados caindo sobre a gente, sobre sangue, sobre coisas sem nome e indistinguíveis. Pularam tanto que o teto da agência começou a ruir, as paredes balançaram, o chão tremeu e finalmente cedeu. Trezentos anos depois, uma cratera escura de quase um quilômetro quadrado que vai ao centro da Terra ainda é objeto de estudo que intriga geólogos e historiadores.

# O VELHO

O velho que mascava chiclete de forma ruidosa, deixando um pouco de saliva escorrer pelo canto esquerdo da boca, era o penúltimo da fila. Usava um suspensório puído, coberto de manchas que lembravam respingos de café e vômito, sobre uma camisa que, agora amarela, tivera sua brancura maculada pelos anos de negligentes almoços regados a mostarda, molho indiano e páprica — tudo aquilo que ele não podia comer e que seus filhos e netos detestavam. As calças, outrora mais escuras, agora assumiam um tom opaco de poeira, e eram excessivamente largas dos joelhos para baixo. A cintura, estufada por anos de cerveja, estava mais fina, por isso apertava a barriga num cinto de couro com três furos a mais feitos com a ponta de uma tesoura.

O início da fila se dava em frente à bilheteria do teatro e divergia para quatro janelas de vidro blindado. Depois se estendia pela calçada, dobrava a esquina, seguia por mais quarenta metros e terminava na entrada de uma padaria. Àquela hora, o lugar era ocupado por dois homens de terno que bebericavam café aguado e falavam sobre o tamanho da fila.

Atrás do velho, a última pessoa era uma moça de vestido indiano e óculos escuros. Lia um grosso volume de Marx e isso fez o velho revirar os olhos, logo depois de limpar o canto da boca com as costas da mão. (Fez questão de que ela o visse limpar a mão nas calças, deixando ali uma pincelada brilhante e gosmenta não absorvida pelo tecido. Sua nuca arrepiou com aquilo: lembrava o rastro de uma lesma.) À frente do velho havia um rapaz da mesma idade da moça, de bermuda jeans e camiseta, mas segurando um pequeno celular no lugar do livro. Teclava freneticamente e sorria de tempos em tempos, com um fone preso na orelha e outro caído sobre o peito. (Esse fone solto balançava para os lados, o que irritava o velho quando o rapaz se virava para verificar se a fila estava aumentando.)

Não demorou muito e o velho começou a resmungar. Chamou a atenção da moça, depois do rapaz. Em seguida, uma mulher usando muletas logo à sua frente também olhou para ele. A baba, cor de canela por causa do chiclete de mesmo sabor, escorria de sua boca e pingava no suspensório, formando outro rastro gosmento, agora de uma lesma menor, entregue à gravidade e à falta de aderência do tecido elástico. Curiosas, outras pessoas viraram para trás. A moça baixou o livro para ver o velho por cima dos óculos. O rapaz tirou o fone ainda preso e, um pouco nervoso, guardou tudo, fones e celular, no bolso da calça, cruzando os braços emburrado. A mulher de muleta parou de se preocupar com o velho.

— A fila não anda — resmungou ele, indignado, começando a estalar o suspensório, que batia em seu peito produzindo um som seco de chicote. — A fila não anda. Tenho setenta e nove anos. Setenta e nove anos, caralho! Isso não é possível!

O palavrão fez com que uma porção abundante de saliva pulasse por entre seus lábios. A moça olhou com pressa para a esquina onde um grupo conversava. Nenhum deles, dos que estavam da esquina para trás, podia ver o restante da fila. Os homens de terno da padaria riram do velho, que lançou sobre eles um olhar de ódio.

— Estão rindo do quê, seus arrombados? Se você é gente de verdade, sempre entra numa fila. Não existe nada mais ordinário e simbólico na raça humana do que uma fila! Mas tenho setenta e nove anos, não preciso ficar aqui...

Os homens fizeram cara feia e pararam de rir. O termo "arrombados" incendiara várias conexões em seus cérebros. Tinham vontade de abandonar seus cafés aguados, caminhar até o velho e socar sua cabeça até que sentissem o crânio afundar com a maciez de um crânio de bebê. Não se moveram, mas encararam o velho como se isso pudesse calá-lo.

— Por que você não pergunta ao segurança se existe um caixa preferencial? — indagou a moça, sem conseguir olhar para o velho.

— Você não tem intimidade para me chamar de você — disse ele, abrindo ainda mais a boca. A contragosto, a moça viu o chiclete girar entre os poucos dentes cariados, dançando na massa rósea e castanha que era sua gengiva cheia de veios e manchas esbranquiçadas. — Senhor! Senhor! É assim que você me chama, sua riponga do caralho!

— O senhor não precisa falar assim com ela — disse o rapaz. — Ela só sugeriu uma coisa inteligente. Deve ter um caixa preferen...

— Senhor é o teu pastor e nada te faltará, seu ve-a-do-pau-no-cu — disse o velho, escandindo as sílabas e levando uma mão dentro da calça. Parecia não perceber que coçava o saco na frente dos outros, mas continuou com o braço ali dentro, realizando um movimento estranho. — Faço o que eu quiser, desgraçado, filhote de cruz-credo.

O velho arrancou a mão de dentro da calça e deixou a fila, cheirando a ponta dos dedos e soltando uma risadinha cínica. Ele mancava, mas isso não comoveu ninguém. Os homens dentro da padaria voltaram a rir, enquanto o atendente atrás do balcão revirava os olhos. Não conseguiu evitar o pensamento de que aquele era o tipo de cliente perfeito para lançar no café uma singela cusparada antes de entregar a xícara com um sorriso ensaiado.

— Esse aí precisava de uma injeção de ar na veia — disse ele, passando um pano encardido em volta da pia cheia de copos escuros de café e pratos salpicados de farelo de pão. — Lixo humano.

—Aposto que tem uma doença sexual — disse um dos homens.

— Se tem, pegou na época da ditadura — riu-se o outro. — Quem vai querer trepar com essa múmia sifilítica?

Depois de três ou quatro minutos, o velho alcançou o início da fila e começou a berrar que tinha setenta e nove anos, caralho, setenta e nove, caralho e por aí em diante caralho caralho caralho. Todos da fila ficaram amedrontados com aquele comportamento, e o segurança, com a paciência de todo um convento, sem dirigir uma palavra a ele, estendeu o braço e apontou o caixa preferencial, do qual saía uma senhora baixinha de olhos claros e sorriso amável.

— Anda logo, sua mula velha e estúpida — disse o velho.

— Olha como fala — respondeu o segurança, mas o velho fingiu não escutar.

A senhora disfarçou as lágrimas que brotaram dos olhos e, sob protestos e xingamentos dos que aguardavam, incrédulos e revoltados com o velho, saiu andando devagar, amparada por uma mulher quieta e tímida que devia ser sua filha.

Para comprar o ingresso, as coisas foram mais elaboradas e eficientes. Até o velho foi rápido. Mal ficou dois minutos ali, e quando a atendente do outro lado do vidro blindado lhe ofereceu a máquina de cartão de crédito, ele a chamou de "vadia pretensiosa" e pagou seu ingresso em dinheiro, não antes de agitar as notas, numa tentativa fracassada de mostrar o quão rico era.

Ao deixar a fila, o velho gargalhou sarcasticamente e agitou o ingresso na frente de todos, impedindo que os próximos se dirigissem ao caixa vazio.

— Setenta e nove anos, seus filhos da puta! Envelheçam logo e evitem as filas, seus ordinários! É só isso que funciona neste país de merda!

As pessoas que estavam na fila se dividiram entre xingamentos e palmas igualmente sarcásticas, que ele amaldiçoou com prazer. Foi agitando o ingresso e enfiando o pedaço de papel no nariz de cada um, enquanto o segurança o vigiava de longe, sussurrando como se lançasse uma praga sobre ele.

Depois, parando na esquina para recuperar o fôlego, o velho abriu o cinto apertado, abaixou as calças, em seguida a cueca (tão amarelada quanto a camisa), e começou a balançar o pênis mole, batendo-o de uma coxa na outra, como um sino de pele, enquanto ria e ria, passando a chorar em breves convulsões de alegria que escapavam de sua boca em forma de espuma. O pênis estava escuro, tomado por uma cor cinzenta, quando ele finalmente parou. Dali, deu início a uma masturbação meio desesperada e ridícula em que seus dedos trêmulos pouco ou nada conseguiam agarrar daquele pedaço de pele e músculo disformes. As bolas, quase três dedos abaixo do pênis, pareciam de algodão, e ameaçavam se desprender do meio das pernas.

Como aquela tripa não endurecia, o velho bufou contrariado e, ainda segurando com força o seu ingresso, ergueu outra vez a cueca e depois as calças, mas sem afivelar o cinto.

Quando chegou ao final da fila, todos devolveram os celulares aos bolsos e o velho se dirigiu à mulher de muletas:

— Eu já tenho o meu. E você, sua mula manca? O caixa preferencial não serve para as suas muletinhas ou você não consegue chegar lá?

A mulher olhou para os dois lados. Encarou a moça leitora de Marx, depois o rapaz, em seguida a fila estendida à sua frente. Todos olhavam para ela e esperavam um movimento qualquer, uma resposta inteligente à provocação. Sem refletir muito, ergueu uma das muletas e golpeou o velho quatro vezes: o primeiro golpe foi na perna esquerda, houve um estampido seco e o joelho cedeu um pouco como um pedaço deslocado de gelatina; o segundo foi no quadril, e o velho urrou de dor quando sua camisa afundou para dentro da pele; o terceiro foi no braço direito, o que fez o velho levar a mão esquerda até o ponto dolorido; e o quarto e último golpe, direto na cabeça, onde a ponta inferior da muleta provocou um ruído crocante de biscoito de polvilho sendo partido, seguido de um rasgo por onde o velho começou a sangrar. Isso bastou para que se iniciasse uma série de tremores que, depois de assustar boa parte da fila, produziu uma sequência de expressões sorridentes e encantadas em todos os que acompanhavam o novo espetáculo.

Enquanto o sangue lhe cobria os lábios, os xingamentos saíam cheios de bolhas, como se o velho estivesse sufocando. Com um golpe final, a mulher usou a muleta para empurrar o velho para a rua. Sem quase sentir as pernas e coberto de sangue, ele cambaleou para trás, ergueu os braços como se fosse decolar e por fim acabou sendo atropelado por um carro funerário que passava a mais de setenta quilômetros por hora.

As pessoas na fila seguraram a respiração por um momento, atônitas e maravilhadas, e em seguida explodiram repentinamente em aplausos que duraram cerca de um minuto inteiro. Logo que cessaram os aplausos, viram o ingresso do velho flutuar entre a rua e a calçada como a última folha de uma árvore. Quem chegasse primeiro ficaria livre da fila e ainda assistiria ao show de graça. Só era preciso tomar muito cuidado para não pisar no olho esquerdo que ainda girava no asfalto, contemplando aquela cena com espantosa incredulidade.

# NARCISOS

— Quer que eu pare? — perguntou Júlia, forçando os dedos nas costas de Heitor. A camisa não permitia uma massagem convincente, criando ondas no tecido fino, atrapalhando o movimento que era menos alegria do que enfado.

— Não, pode continuar — respondeu ele, distraído com a carta de vinhos.

Estavam sentados num dos bancos de madeira em frente ao restaurante tailandês, escolhido após um longo passeio. A ideia da massagem viera dele, ali mesmo. Júlia pouco se importava com a força que fazia. Na verdade, gostara da ideia e a usara com alegria renovada para tocar o namorado, cuja frieza vinha sendo maior do que a de um fiorde. Quando ela pensava que se afogaria nesse perigoso pedaço de água, Heitor pedira a massagem e, com o mesmo ânimo latente de uma criança emburrada numa sala de espera, olhava a carta de vinhos havia mais de dez minutos.

Relaxando um pouco os dedos, lembrou-se da pergunta absurda do namorado: "E leite de coco, você come?". A diversão, diluída ali entre a estupidez e a ingenuidade, não estava no fato de comer qualquer tipo de leite, ele tampouco podia usar o verbo "beber", porque parecia improvável encontrar alguém que bebesse leite de coco puro, mas de pensar que, por ser vegana, o substantivo trouxesse a ideia de uma vaca. "Mas é um fruto, não?", ela perguntara cheia de uma ironia autocongratulatória, no dia em que se conheceram. Ela amava leite de coco em todos os pratos, doces e salgados; ele amava o sangue vazando de carnes inchadas e vermelhas.

Assim que foram chamados, sentaram-se bem ao fundo, no canto, ocupando uma pequena mesa duplicada por um imenso espelho que cobria toda a parede. Contrariada, Júlia se sentou de costas para as demais mesas, muito próxima da porta de vaivém dos funcionários que também levava aos banheiros. Heitor ficara com a parte estofada contra a parede, visão privilegiada. O que Júlia via, minimamente satisfeita, era um espelho pendurado acima da cabeça do namorado e pelo qual assistia à flutuação enjoativa de algumas cabeças passando. De qualquer forma, não estava interessada no movimento, sabia que aquele era um restaurante tailandês disputado e recomendado; estava interessada em Heitor, cuja imagem no espelho ao lado de repente pareceu-lhe estranhamente mais afetuosa do que a real. Por causa da cadeira ligeiramente levada para trás, Júlia não via o próprio reflexo à sua direita, a menos que apoiasse os cotovelos sobre a mesa e se inclinasse para conferir o contorno do batom ou os cabelos acobreados caídos sobre os ombros.

Logo na entrada (berinjelas assadas cobertas por uma chuva de gergelim preto), Júlia se decidiu pelo pinot noir mais caro da casa. Permitindo-se um pouco de luxo, em parte provocado pela irritação acumulada e porque tudo o que ela queria era provar um pouco de valor, o vinho veio em boa hora. Brindaram logo depois de concordar que a berinjela estava salgada demais. O vinho era tão bom que ela cogitou uma segunda garrafa dali a dez minutos, mas Heitor vinha bocejando, espiando o celular, olhando o próprio prato.

Conversaram um pouco sobre o lugar. Ele estava ali pela terceira ou quarta vez, queria provar um prato diferente. Para ela não passava de uma estreia, não muito promissora, mas estava feliz, a despeito dessa indiferença complacente que crescia nas palavras pastosas dele. Júlia não queria admitir, pelo menos não em voz alta, tornando a noite uma lembrança beligerante a ser compartilhada com outro futuro namorado, talvez no mesmo lugar, na mesma mesa, mas havia um acordo entre eles. Um acordo de medo e ansiedade, como se esperassem o momento certo para terminar a relação, e ao mesmo tempo de tédio mastigado, de conhecimento cirúrgico do corpo e do espírito diante deles, como se fossem casados há quarenta anos e estivessem cansados um do outro.

Quando os pratos chegaram (pato ao molho de tamarindo para ele, uma seleção de legumes picantes mergulhados em leite de coco com arroz para ela), Júlia apontou o garfo para o espelho e arriscou, sorrindo:

— Tenho dois Heitores.

Ele também sorriu e mirou os próprios olhos, duas amêndoas de cascas lascadas por finos traços negros, herança da avó. Estavam na segunda taça e a comida era boa, então sorriu para si mesmo e piscou para a Júlia do universo paralelo, aquela mulher mais atraente e mais curiosa do que esta com a qual dividia a mesa. Olhou para si mesmo com pena, querendo invadir a mesa duplicada, saber se aquela Júlia seria menos chata, se aquela Júlia o cobraria menos, se aquela Júlia sentiria menos ciúme e faria uma massagem melhor, sem aqueles dedos duros de Pinóquio. Talvez também fosse menos dramática, usasse um xampu mais cheiroso, comesse carne e não olhasse com nojo para o leite gordo de vaca que ele pingava no café. O Heitor ao seu lado ele observou com uma compaixão exagerada, parecia um homem mais feliz.

— Eu tenho duas Júlias — disse ele, entrando no jogo. — E um gêmeo bonitão.

— Quem você prefere? — provocou ela.

Ele cerrou os olhos para pensar. Ela gostava disso. Parecia perigoso brincar com aquele mundo adjacente, mas Heitor estava se divertindo, sem dúvida. Júlia nunca comentara como gostava de vê-lo assim, pensativo. Tinha vontade de morder sua boca, não a dele, mas a do homem ao seu lado, seu duplo, aquele Heitor cheio de luz, flambado no calor da sua própria idealização shakespeariana, preso na solidez reflexiva que nunca tocaria. O espelho era tão atraente quanto essas ideias, aquele mundo intocável, uma espécie de chamado, talvez divino.

— Prefiro você — disse ele.

Ela tinha baixado a cabeça quando ele falou. Pegava um grão de arroz caído sobre o colo, uma distração que arranhou o que podia ser interpretado daquela resposta. Quando ergueu os olhos, sentindo o coração palpitar de leve, viu Heitor apontando o dedo para o próprio reflexo, para o outro Heitor, que lentamente, para desespero de Júlia, o atraía para um beijo.

— Você não vai fazer isso — disse Júlia, num tom menos de provocação do que de medo.

Heitor sorriu, mas sem se virar para ela. Seus olhos encontraram os olhos da segunda Júlia, que queria sair logo daquela brincadeira.

— Tudo bem — disse ela, pegando o garfo outra vez, trocando a vontade de furar o pescoço do namorado pelos legumes picantes. — Faça o que você quiser.

Um pouco comovida com a própria voz, com a frieza que conseguira escavar, ela não acreditou quando viu, de esguelha, Heitor dar um selinho no espelho. O beijo tinha sido rápido, suave, um quase sorriso, marcado na superfície prateada até desaparecer junto à mancha de umidade produzida pelo ar que saíra de suas narinas. Ele sentia-se triunfante, o que irritou a namorada ainda mais.

— Não precisava fazer isso.

— Foi só uma brincadeira, relaxa. Eu não beijei a outra Júlia.

— Você se beijou, Heitor! O que é muito pior.

— Foi você quem começou. Você disse que tinha dois Heitores. Aposto que transaria com os dois sem pensar duas vezes.

Júlia sentiu-se ofendida. Quis virar o prato de comida em cima dele, quebrar a garrafa de vinho em sua cabeça, mas pareciam medidas tão distantes, não valiam a perda de dinheiro. Talvez a crescente taxa de restaurantes caros se devesse a um público mais perturbado, de casais em crise que não podiam desperdiçar o que haviam pedido para não sentirem que estavam jogando dinheiro fora. Júlia não sabia como refletia aquelas coisas, mas elas vinham naturalmente, enquanto Heitor parecia ter esquecido o episódio e mastigava seu pato com uma crueldade asquerosa.

— Às vezes eu prefiro a companhia daquela Júlia ali — disse ela, inclinando o corpo para a frente e apontando para o reflexo com a faca manchada de molho. — Ela não é fria.

— Se ela não é fria, posso ficar com ela? E você fica com aquele Heitor ali — provocou ele, sorrindo cinicamente.

Ela parou de mastigar e soltou os talheres sobre o prato. O som da louça tilintando chamou a atenção de alguns casais que riam alto nas mesas vizinhas. Queria mandá-los para o inferno ou simplesmente sair dali, sem terminar de comer, deixando Heitor pagar a conta.

— Ei, não precisa ficar assim. Estamos brincando. É a primeira vez que você fica irritada desse jeito.

Ela respirou fundo.

— É a primeira vez que eu como do lado de um espelho, na companhia de um egocêntrico nojento!

Heitor arregalou os olhos e não conseguiu evitar um engasgo. Puxou a taça de vinho e bebeu um gole para ajudar a descer um pedaço maior do pato que havia entalado na garganta. O naco de carne parecia de couro, fazendo-o lacrimejar. Seus olhos ficaram subitamente vermelhos e inchados.

— Ah, você engasgou! — caçoou Júlia, formando um bico com os lábios, num tom de voz infantil e estridente. — Tadinho do Heitorzinho! Por que não pede um beijinho para o carinha do espelho?

Ela começou a rir entre soluços e bebeu o resto do vinho, não da sua taça, onde havia um dedo da bebida, mas diretamente da garrafa, e deixou escorrer uma linha rubra que descia pelo queixo, passava pelo pescoço e desaparecia no decote. As pessoas em torno olharam novamente, incluindo um garçom que passava e parou por dois segundos, pensando se deveria fazer alguma coisa, interferir ou não naquele comportamento inapropriado. Contrariado, ele desistiu e entrou na cozinha.

Quando finalmente havia se recuperado, Heitor baixou a cabeça, temperando o molho do prato com as próprias lágrimas. Sentiu o gosto forte do tamarindo subindo pelas narinas como se o caldo da fruta agora fosse o sangue dentro dos vasos. Júlia ainda ria e o encarava com crueldade.

— Você está bêbada — disse ele. — Vou pedir a conta.

Antes de chamar um garçom, Heitor olhou-se outra vez no espelho, não como uma provocação, porque estava cansado das intrigas e das pequenas brigas, mas porque tinha ficado preocupado com o engasgo, cuja breve falta de ar escondeu de Júlia. Observou seus olhos vermelhos com atenção: os vasos estavam dilatados, escuros, como se os tivesse coçado com uma escova de dentes.

Júlia, por sua vez, lançando um olhar de desprezo, provavelmente potencializado pelo álcool, não leu esses movimentos da forma mais tranquila. Ao virar-se para o espelho, Heitor havia inflamado seu curto pavio de paciência. Ela não tinha pensado que ele se beijaria outra vez, mas o simples giro do tronco para encarar-se parecia mais uma prova de seu ego chamando-o para um flerte inconsciente. Ele não viu quando a namorada ergueu-se na própria cadeira, de cócoras, atirou-se contra o espelho e caiu em cima da outra Júlia. Um único segundo em que a superfície do espelho ondulou feito a superfície de um lago, para em seguida repousar estática como se nada tivesse acontecido.

Juntas, as duas Júlias do outro lado avançaram sobre o reflexo de Heitor e deram início ao espancamento: uma com a garrafa de vinho, segurando-a pela base com as duas mãos, desferindo golpes consecutivos entre a nuca e as costas de Heitor; a outra, com um caco triangular de nove centímetros de um dos pratos que havia partido durante o salto da primeira Júlia, lancetando seu pescoço e fazendo esguichar um jato vermelho contra as mesas refletidas, dentro dos copos de bebida, sobre as toalhas brancas, nas paredes e nos rostos assustados. O sangue jorrava como uma fonte: primeiro em esguichos altos e duradouros, depois mais baixos, em intervalos curtos, acompanhando os olhos do Heitor-reflexo, estalados de pânico.

Ofegante e tomada por uma garoa vermelha, uma das Júlias atirou para longe o triângulo de cerâmica e soltou os ombros, cansada, assustada, vitoriosa. A outra Júlia continuou usando a garrafa, agora quebrada, contra o pescoço empapado do que não era mais o reflexo de Heitor, mas uma pasta de carne, pele rasgada e ossos. O reflexo de Heitor, coagulado naquela realidade invertida, se tornava aos poucos uma grande fratura exposta.

Quando ele já estava morto, com a geleia púrpura do rosto mergulhada no molho agridoce de tamarindo, a Júlia que descansava respirou fundo, ergueu os braços e começou a gritar para encontrar a força de que precisava. Enquanto a outra chorava num canto, abraçada às próprias pernas, ela puxou para dentro do espelho o primeiro Heitor, que ainda assistia a tudo estarrecido.

Ele não foi morto. Ao contrário de seu reflexo, para sempre perdido, Heitor sofreu apenas um lanho na panturrilha ao pular com agilidade sobre uma cadeira e um par de mesas e desaparecer espelho adentro, fugindo pela entrada do restaurante. Ambas as Júlias se entreolharam e assim ficaram por alguns minutos, sem conseguir encarar os reflexos dos outros clientes, em choque e borrifados de sangue. Ao mesmo tempo, deram início a uma gargalhada baixa que foi crescendo lentamente como uma convulsão. Passaram a agitar os ombros, a chorar e a rir tão alto que o espelho vibrou e em seguida começou a trincar, rachando desde o piso de madeira até o teto num som fino e crocante. Em cascata, a peça de quase três metros de altura desmanchou-se inteira em fragmentos ao lado da mesa: uma chuva ruidosa de cacos que, sem ninguém perceber, produziu dezenas de litros de sangue ainda quente de todos os reflexos dos clientes, lavando o chão de vermelho.

# O GUARDA-CHUVA

Ela acordou e percebeu que sua saliva tomara conta do travesseiro durante a noite. De novo. Uma mancha lembrando o mapa do Canadá, flor azul coagulada na fronha de algodão. Antes que pudesse olhar, com a vista embaçada de sono, para o despertador indicando o atraso, Ivone limpou os lábios. A boca torta sempre fora um problema, mas era durante a noite que ele se potencializava: o lábio superior, voltado para a direita, era prensado contra o travesseiro e tocava a ponta do nariz, enquanto o inferior, como que puxado por um fio invisível para a esquerda, servia de canal para a saliva desaguar grossa na fronha. Mas a boca não secava. Podia respirar assim a noite toda, roncar até acordar o gato, a produção de saliva era volumosa, constante, industrial, e cobria o queixo, formando uma barba seca e branca; cobria também o pescoço, o travesseiro, a cama; às vezes entrava nos sonhos, ameaçando afogá-la até que finalmente acordasse, desorientada e úmida no próprio caldo. Um dia, Ivone sonhou que afogava três colegas de trabalho.

Ainda sonolenta e irritada com o atraso, vestiu uma saia vermelha, um casaco verde-limão sobre uma fina blusa de seda azul, sapatos prateados e meias-calças pretas, cujas laterais rasgaram na altura do joelho quando se abaixou para pegar sua bolsa. Em seguida, enrolou no pescoço, ainda sem perceber, com sono, frio e preguiça, um cachecol vermelho de listras brancas. Se passasse diante do espelho, veria uma paleta de cores explosiva e teria soltado um riso histérico para evitar o choro, mas isso não aconteceu. Para piorar, a bolsa de Ivone possuía aquela cor sem nome entre o café com leite e o verde-vômito.

Saiu apressada e não viu as nuvens de chuva, o céu escuro como um hematoma sobre os prédios indicando uma tempestade. O vento atravessou com fúria desmedida as árvores de sua rua, os chapéus de quem passava correndo pela calçada, guarda-chuvas abertos sem necessidade. Ivone parou no meio do caminho e voltou a cabeça para o alto, fechando os olhos. Nenhuma gota. Mesmo que chovesse, não estragaria a maquiagem porque não tinha nenhuma.

Foi só quando passou diante de uma vitrine escura de uma loja ainda fechada que Ivone viu a variedade de cores que vestia. Estacou no meio da calçada. Algumas pessoas a empurraram, outras trombaram nela propositalmente. Depois continuaram andando e olhando para trás, bradando palavrões. Não foi difícil pinçar um comentário sobre a sua boca torta, mas ela estava acostumada. Ficou ali parada com medo de olhar o próprio reflexo que tinha visto de soslaio. O que mais chamava a atenção era o contraste das cores, não sua mistura. O absurdo daquela composição.

Quando finalmente reuniu coragem e lançou um olhar rápido para si mesma, quis rir e chorar ao mesmo tempo. Ridícula. Estava ridícula. Pensou em caminhões de sorvete, parques de diversão, roupas coloridas para cachorros pequenos e de latidos estridentes. Retomou pela memória um conjunto rosa-choque e azul-claro que usara quando criança, presente da avó. Tinha ido com ele para a escola, usando sandálias brancas e uma tiara também rosa-choque que a professora quebrou em duas partes e atirou pela janela da sala.

Ivone desistiu da vitrine e voltou a caminhar para a avenida principal onde pegaria o metrô. Nos últimos tempos estava tão magra que lembrava um barbante encurvado pelo vento — precisamente neste dia, um barbante multicolorido que talvez uma criança pegasse com as mãos para exibir na escola entre os amigos.

Então sentiu o pingo. Foi um único e pesado pingo de chuva, do tamanho de uma moeda, aberto sobre a ponta do nariz. Tinha um guarda-chuva preto em casa e ele não teria destoado completamente de sua roupa — que talvez não combinasse com nada, de qualquer forma. Depois de um segundo pingo no ombro, correu até um café próximo e se escondeu sob seu toldo vermelho. Ali, um homem já estava pronto para vender guarda-chuvas. Bastava ficar nublado para que vários vendedores ambulantes estendessem dezenas de opções sobre uma mesa improvisada ou mesmo no chão. Ivone viu três pessoas comprando os últimos guarda-chuvas pretos, o que a enfureceu.

— Quanto custa? — perguntou ela, tirando a bolsa do ombro para pegar a carteira.

Antes de responder, ele a encarou de cima a baixo. A composição não tinha deixado o vendedor confuso nem com vontade de rir, mas envergonhado. Por alguns segundos, ficou mudo e depois, a contragosto, emitiu um gemido longo como se tivesse asma. Pensou que talvez fosse uma vendedora ambulante como ele e reduziu o preço em cinquenta por cento.

— Qualquer um?

— Qualquer um, minha senhora. Pode escolher.

Ivone mordeu o lábio torto de cima. Diferentemente da maioria das pessoas, que tinha o hábito de morder o lábio inferior, ela mordia o superior, projetando os dentes de baixo sobre a parte do lábio que ainda se mantinha mais ou menos no mesmo lugar. Algo estranho de se ver, mas não para ela, confortável com isso.

— Não pode ser qualquer guarda-chuva — disse ela. — Precisa combinar com a minha roupa.

— Mas a senhora está colorida — disse ele, arrependido logo em seguida. — Quero dizer, qualquer guarda-chuva vai combinar.

Ivone fechou a cara e guardou os dentes outra vez. Um impasse. Havia um guarda-chuva vermelho que combinaria com a saia, mas era estampado com pequenas flores amarelas. Não sabia a extensão do ridículo que passava com aquela composição, mas podia evitar uma aparência ainda pior.

— E aquele branco?

— Não vai combinar — disse o vendedor.

— Por que não?

— Porque tudo na senhora está muito bonito. E ninguém gosta de guarda-chuva branco. Tenho vários desse tipo.

— Eu posso gostar — disse Ivone, contrariada. — É só para eu não me molhar até o metrô.

— Ninguém gosta — repetiu o vendedor.

— Você quer vender o guarda-chuva ou não?

— Não esse. Tem coisa melhor.

— Você não precisa de dinheiro?

Ele deu de ombros e ficou em silêncio. Havia outros modelos: com estampas folhadas, um quadriculado em preto e vermelho, três azuis com listras amarelas, um verde-limão como seu casaco, um grafite que lembrava o tom de sua meia-calça e tantos outros que estavam dentro de um saco plástico que Ivone não conseguia enxergar.

— E aqueles ali? — perguntou, apontando para os guarda-chuvas guardados.

— Aqueles ali não são para a senhora.

— Como assim?

Ivone achou aquilo um acinte e entortou ainda mais a boca, mas de reprovação. Lembrou-se do sonho em que cuspia nos colegas de trabalho.

— Aqueles guarda-chuvas não são para a senhora — repetiu ele.

— Tem um tipo de guarda-chuva para cada pessoa, é isso?

— Para os compradores chatos... sim.

— Isso é um absurdo!

Novos pingos de chuva começaram a cair e passaram a batucar sobre o toldo. Em segundos, o que era uma chuva moderada se transformou numa tempestade. Tanto Ivone quanto o ambulante tiveram de gritar. A força da água era tanta que os atendentes do café também deram início a uma gritaria na hora de se comunicarem com as pessoas que entravam ali correndo.

— EU QUERO UM DAQUELES! — gritou Ivone.

— AQUELES NÃO, MINHA SENHORA! AQUELES SÃO PARA OS CHATOS! SÃO MAIS CAROS!

— ISSO NÃO É NADA ÉTICO!

— O QUÊ?

— ISSO NÃO É NADA... AH, ESQUECE! EU PAGO MAIS! NÃO ME IMPORTA O PREÇO!

— É MUITO MAIS CARO, MINHA SENHORA!

— EU PAGO, FILHO DA PUTA! ME VENDE LOGO ESSA MERDA DO CARALHO PORQUE EU QUERO IR EMBORA DAQUI, ANTA PATAGÔNICA!

O vendedor arregalou os olhos com a quantidade de saliva que havia pulado da boca torta de Ivone e puxou a sacola com os guarda-chuvas. Eram maiores, com um acabamento de metal na ponta, o que por um instante fez os olhos de Ivone brilharem. Estava quase desistindo de se proteger de toda aquela água, mas o guarda-chuva era bonito e inteiramente preto. Olhou para baixo, vendo pela primeira de forma direta a composição de suas cores e concluiu que não importava o preço da peça, precisava dele.

O homem gritou que era sete vezes mais caro, e ela entregou várias notas a contragosto, agarrando o guarda-chuva.

— CUIDADO COM ELE! — berrou o vendedor.

— POR QUÊ?

Ele não teve tempo de responder. Quando ela abriu o guarda-chuva a um passo de sair de sob o toldo, seu corpo começou a flutuar. Estava magra demais, isso podia acontecer, era comum. Tentou fazer força para baixo, flexionando as pernas, mas se encontrava numa altura tão elevada que lentamente começou a passar um prédio de três andares ao lado do café.

— FECHE DEVAGAR!

Mas ela não ouviu. Ivone inclinou o guarda-chuva, enquanto as pessoas na calçada lá embaixo não pareciam vê-la ou não se importavam. Entortando ainda mais a boca, com o lábio inferior monstruosamente voltado para o lado, deixou que a chuva formasse ali uma pequena piscina para que o peso de seu corpo aumentasse e assim ela voltasse a pousar na calçada.

Claro que nada disso deu certo e ela começou a engolir a água que se acumulava na boca. A chuva aumentou, as pessoas começaram a correr e a gritar apavoradas. Antes que ela pudesse fechar o guarda-chuva, um raio furou a escura camada de nuvens e entrou diretamente em sua ponta metálica, cozinhando Ivone por dentro e chamuscando suas roupas, tingindo-as instantaneamente de um preto surrealista cheio de estrias multicoloridas. Seu corpo caiu na calçada e sua boca carbonizada já não estava mais torta.

Quando parou de chover, um vendedor de espetinhos que assistira à cena correu até a massa retorcida que havia sido Ivone, ajoelhou-se diante dela e fez o sinal da cruz. Com muito cuidado e a ajuda de um boné, recolheu seus restos mortais numa bacia, garantindo mais carne para vender no dia seguinte.

# *FARELOS*

No início era só um ruído, constante, mas de curta duração. Vinha, incomodava por dois segundos com a insistência musical de um instrumento que gargalha, e parava.
O ciclo se repetia.
Era um ruído engraçado, no início. Isso bem no início, quando nada ainda tinha sido perturbado, quando a concentração era maior e também mais evidente. Um som como o de velhos gonzos rangendo, muito baixo, quase imperceptível, que assusta e logo se dissolve no ar e na compreensão de quem ouve. Era um ruído que podia ser menos insistente, que poderia ter acabado ali, depois de umas duas ou três vezes, mantendo o equilíbrio das coisas, a morosidade daquela tarde. Mas ele só cresceu, esse ruído, ganhou corpo, espaço, ocupou o silêncio da biblioteca, causou um infarto em seu silêncio e atraiu olhares de fúria, uns risinhos incomodados, uns movimentos de corpos desconfortáveis nas cadeiras estofadas e mais ódio do que qualquer outra coisa. Foi ódio puro e branco como leite derramado num copo de sangue. Ou tinha sido o contrário?
Começou quando ele entrou na biblioteca levando nas mãos umas folhas dobradas, um lápis e uma borracha, quando os únicos sons ainda eram dos aparelhos de ar-condicionado, da água que escorria de um deles, meio estragado, batendo no

chão frio de forma ritmada como um metrônomo, do funcionário com um carrinho de metal cheio dos livros fora do lugar e de uma ou outra caneta rolando pela mesa até cair com um estalo que sobressaltava o próprio silêncio. O miolo dos livros de uma biblioteca é feito primordialmente de silêncio, que não foi mantido naquele dia, naquela tarde.

Ocupou uma mesa no coração da sala principal. Estendeu as folhas de papel, colocou a borracha ao lado e segurou o lápis com força. Fez anotações, errou, apagou. Fez novas anotações sobre a área apagada, nas margens do texto impresso numa tinta cinza que ele mal enxergava através dos óculos pequenos com o diâmetro de duas azeitonas. Para cada erro, a borracha era agarrada, esfregada contra o papel e o ruído recomeçava, vindo da mesa. Quanto mais força colocava sobre a borracha, mais a mesa vibrava, e o ruído torturante enchia a biblioteca. Lembrava uma cuíca, uma formiga com voz de gaita quando espetada, uma unha afiada raspando o mesmo ponto de um quadro negro. Lembrava tantas coisas, todas incômodas. Era um pedaço de unha muito pequeno no meio dos dentes, esse era o tipo de incômodo. A unha cresceu nos dentes dos estudantes que liam e estudavam nas outras mesas, mas ele não percebeu.

Duas mulheres, sentadas na mesma mesa logo atrás dele, começaram a rir em silêncio. Talvez fosse a única mesa onde a risada era verdadeira, produzida não só pela situação, pelo barulho engraçado do móvel que gemia sempre que ele pegava a borracha, mas também pela fuga da concentração. Estavam exaustas de estudar física quântica, e aquele intervalo de um retorno à realidade circundante se apresentava mais como uma forma de distração, um descanso breve, do que uma perturbação gratuita ou uma obstrução em suas linhas de pensamento.

Cada uma sentia um prazer oculto nas risadinhas cúmplices e teriam continuado com elas por muito tempo, talvez até engasgadas e com lágrimas nos olhos, cansadas e decididas a fecharem os livros e irem embora, se não fosse o olhar de um rapaz sentado na mesa ao lado. Era um olhar furioso, com uma sombra de incredulidade, não de ameaça, embora nada alterasse os gestos do homem nem o fizesse trocar de mesa — porque o problema, o ruído, o incômodo, não era exatamente o que ele vinha fazendo, mas onde.

A mesa continuou gemendo, e a bolha de desconforto aumentou na mesma proporção que as pessoas da biblioteca paravam tudo o que estavam fazendo, inchando o silêncio, e assim, involuntariamente, o destaque ao pequeno gemido sexual da mesa, àquela esfregação cômica, dando maiores contornos à sua nitidez e assim mais importância a ela.

Outro rapaz na mesa à frente do homem-da-borracha resmungou duas vezes, lançando a cada vez um olhar diferente, primeiro de impaciência, depois de cólera, que foi crescendo à medida que crescia a constância do gemido da mesa. Uma senhora, um bibliotecário que passava, um grupo de quatro estudantes lendo juntos, outras pessoas mais distantes, todas elas ouviam e queriam fazer alguma coisa, qualquer coisa. Mas ninguém fazia nada. Os farelos de borracha se acumulavam sobre a mesa num monte esverdeado, meio sujo, um tanto nojento para quem estivesse próximo. As duas mulheres olharam com asco para aquela textura, como um monte de pele morta reunida num canto.

Então houve o instante quase bíblico, que colaria na memória de todos que estavam na biblioteca como o primeiro aviso daquele grande dia: alguém fez *shhh*. Não foi qualquer tipo de *shhh*, foi um *shhh* prolongado, um *shhh* forçado, do tipo que deixa escapar uma chuva fina de saliva por entre os dentes. Um *shhh* que, sem querer, foi maior do que o gemido da mesa, do que o som da borracha raspando no papel, mas não maior do que a raiva que fermentava nas expressões corporais de quem tinha parado de fazer suas coisas para observar o homem. Alguns se perguntaram se aquilo era uma piada de mau gosto. Outros se questionaram se o homem era surdo; e outros, ainda, chegaram a compreender, minutos depois, quando ele já estava morto, que talvez estivesse tão acostumado com o ruído que não possuísse mais a capacidade de percebê-lo.

Depois que um segundo *shhh* ecoou pelo ambiente, vindo de uma senhora que lia um volume de astronomia sentada no canto mais distante da sala principal, o homem parou por um momento. Todos ficaram apreensivos, esperando que ele se levantasse, que levasse seus papéis, sua sujeira, que outra pessoa que se sentasse ali não usasse uma borracha nem mexesse muito na mesa. Toda a sua concentração passou para o texto, lápis e borracha foram colocados ao lado do monte de farelos, mas ninguém reagiu, ninguém voltou a ler, a estudar, a escrever, como se esperassem pelo retorno do ruído.

Subitamente, a biblioteca não era mais a mesma com tanto silêncio — um silêncio quase errado, deslocado. Em vez de jogar o homem contra as janelas, produzindo uma chuva de vidro desde o quarto andar até o pátio florido lá embaixo, o rapaz com o olhar furioso poderia simplesmente ter atirado a mesa, se o propósito fosse acabar com o barulho definitivamente. Durante aquele intervalo de silêncio absoluto, em que todos, menos o homem, esperavam pelo ruído insistente, pelos farelos acumulados, às vezes empurrados de maneira distraída para o chão com as costas da mão direita dele, o rapaz poderia ter agarrado a mesa, uma cadeira, um livro, descontando sua raiva em qualquer coisa mais fácil de substituir. Mas ele não fez isso. O alvo sempre havia sido o homem, desde o primeiro gemido da mesa.

As pessoas que riam pararam. As que se decidiam entre ir embora e avisar o homem sobre o ruído ficaram paralisadas. As que estavam com raiva prolongaram sua raiva, inquietas diante da possibilidade de perderem aquela tarde por causa de uma mesa, de uma borracha, de um homem possivelmente surdo.

A conclusão sobre a surdez não atingiu todos, mas um e outro, que acharam melhor não discutir a questão nem deixar a biblioteca por algo tão banal. O rapaz que matou o homem e ainda o fez engolir os farelos de borracha um pouco antes de sua morte mal conseguia piscar. Seus olhos estavam injetados no vaivém da borracha, talvez ele também estivesse surdo ao ruído. Agora, sua concentração estava no movimento monótono, quase morto, mas ensaiado, da mão do homem segurando a borracha para a frente e para trás, como se não quisesse de fato apagar nada.

Antes de que o rapaz se levantasse num acesso de fúria, derrubando sua cadeira, assustando uma parte das pessoas — outra parte vibrava, fascinada, admirada com a coragem, com a força dele, com sua atitude que falava por eles, que agia por eles —, pegando o homem pela camisa e dando um chute na mesa; antes que ele pegasse o monte de farelos de borracha e o enfiasse em sua boca aberta de pânico, empurrando a massa verde e suja sobre sua língua, para dentro de sua garganta, forçando quase o punho inteiro entre seus dentes; antes que ele deslocasse o maxilar do homem, que berrava e tentava pegar o lápis para cravar no pescoço do rapaz enquanto se afogava no próprio sangue, para então arrastá-lo pela biblioteca, ovacionado sob um furor de alívio e gritos de gratidão; antes que ele atirasse o homem pelas janelas, vendo-o ser empalado pelo mastro da bandeira brasileira, tingindo-a de vermelho, até pousar morto no solo, ensanguentado e trêmulo sobre as florezinhas lilases que enchiam o gramado; antes de todos perceberem quão valioso era o silêncio, antes de tudo isso, as pessoas da biblioteca nunca tinham reparado naquela bandeira desbotada e cheia de furos, nem pensado na espessura das vidraças que por algumas horas, todos os dias, separavam-nas do mundo, protegendo-as, ingenuamente, de qualquer distração — inclusive da morte.

# RECEPÇÃO DE ANIMAIS
## *ou*
## 29 RETRATOS DE UMA TARDE GENÉRICA

Retrato 1

Uma sala de espera. Feita para esperar. Espalham-se por ela algumas dezenas de cadeiras estofadas azuis nas quais esperam vinte e sete animais. Eles esperam com impaciência, mas desprovidos de conduta selvagem, entre paredes cor de abóbora, vasos com graciosos pés de manacás floridos e outros, maiores, com chefleras e filodendros, espelhos ovais e mesas cheias de revistas sobre moda e arquitetura. No centro da sala, uma fonte quadrada de pedras verdes ligada pela secretária, que masca um chiclete de morango atrás do balcão. A fonte espirra um fio d'água leitoso da boca de um querubim.

Retrato 2

Uma girafa lixa as unhas. Mastiga devagar um pacote de balas pegajosas. Faz barulho, deixa escorrer uma baba amarela. Na verdade, ela provoca a secretária, cuja mastigação sonora também não passa de uma provocação — talvez para que alguns dos animais desistam da consulta e vão embora. A girafa tem torcicolo e dificuldade para enxergar as unhas negras.

### Retrato 3

Uma joaninha pula repetidamente da cadeira. Não pula, se joga. Em cada queda, uma decepção diferente. Ela sabe que não é o melhor lugar para cometer suicídio, mas não vê quem pode ajudá-la. Os outros estão muito concentrados em suas tarefas, afundados em seus preciosos momentos de tédio. E ela respeita isso. Só não respeita a vida que ainda insiste, que luta contra ela. A joaninha se joga da cadeira com as asas fechadas. Quando cai, não sente nada. Ela se odeia, mas além do corpo, possui um orgulho indestrutível que, inconscientemente, vai contra todos os seus desejos.

### Retrato 4

Uma lontra tricota. Usa óculos de aros dourados e finos, tem os dentes da frente pronunciados e olha com desconfiança para as cadeiras mais próximas. De vez em quando solta um espirro estridente, mas continua tricotando. A peça de lã é da cor dos seus pelos e já está maior do que ela. Talvez a use durante o inverno, talvez doe para as lontras em situação de rua.

### Retrato 5

Um camaleão medita. A cada minuto, muda de cor. Mais novo, podia se camuflar onde bem quisesse. Agora não tem o poder de antes, mas ainda se esconde no azul da poltrona. Tem medo de que alguém se sente em cima dele, então fica amarelo e branco feito uma píton. Enquanto medita, mantém os olhos bem fechados, cheios de dobras como se a história da animalidade tivesse se acumulado ali, em bolsas de pele e tempo áspero.

### Retrato 6

Uma hiena confere o meio das pernas. Menstruou naquela manhã, tem medo de que desça de novo, que o sangue cubra o chão. Os outros sentiriam nojo, julgariam sua condição de fêmea. A calcinha continua cor-de-rosa. Insegura, ela cruza as pernas e relaxa o corpo. Talvez um sorvete aliviasse a cólica. Desde que chegou, não para de lamber os dentes, como se fosse caçar. Ri à toa e seu riso faz a joaninha cair da cadeira de susto — mas ela ainda não morre.

### Retrato 7

Uma cobra tenta dançar um ritmo latino que sai das pequenas caixas de som da secretária. Não se importa com ninguém. Quer dançar a "Macarena", mas sente necessidade de um espelho e os espelhos da sala estão todos ocupados — alguns cobertos por vasos cheios de plantas de mau gosto. Ela se lembra dos braços articulados, da descida com as mãos na cabeça e segura a vontade de chorar pela falta de membros. Ainda assim, balança corpo e cauda em movimentos opostos e sente-se minimamente mais feliz.

### Retrato 8

Um flamingo se admira no espelho. É um dos poucos animais de pé, prefere o espelho ao descanso das cadeiras. Ele se acha lindo, podia estar na internet falando de livros que não leu ou de vinhos que não provou. Estufa o peito — não como um pombo, porque os detesta — e mexe as pernas finas. Sente que o cor-de-rosa do pescoço está indiscutivelmente mais branco, quase grisalho. Tem medo de envelhecer e sorri para esticar o rosto. O bico atrapalha. Talvez um pouco de botox? Manda um beijo para o reflexo, que responde, e ficam assim indefinidamente.

Retrato 9

Uma porca passa batom. É bem pequena, quase borra o rosto de vermelho. As pérolas no pescoço largo foram colocadas especialmente para o médico. Agita uma das patas com nervosismo, desejando a irritante tranquilidade do camaleão. Se pudesse, saltaria da cadeira para também se admirar no espelho, mas tem preguiça. Sente-se exausta só de fechar o batom, cuja tampa está toda suja de lama seca.

Retrato 10

Uma libélula voa da cadeira para a fonte e desta para a cadeira. O movimento deixa alguns dos animais tontos, mas ela sente uma necessidade doentia de voar. Quando se cansa, senta na cabeça do querubim e começa a contar o tempo que passa num relógio preso na parede sobre a secretária.

Retrato 11

Um cachorro coça o saco. Faz isso com elegância, olhando para os lados, certificando-se de que ninguém o observa. Quando a libélula parece perceber um mínimo movimento de sua pata peluda dentro da calça, ele enrubesce. É um dálmata cujas manchas escuras passam do preto para o castanho. Sorri malandro e rapidinho cheira a pata. Pensa em tirar a roupa, mas só em casa, onde tem cerveja e televisão.

Retrato 12

Uma barata lê Kafka. Está suada e concentrada. As antenas giram perturbadas, mas ela não pode fazer nada sobre isso, afinal está preocupada com o rumo da história, talvez até com o rumo da própria vida. No entanto, nenhum receio é maior do que um dia acordar com dois braços, duas pernas e uma enxaqueca, acreditando que a Terra seja plana.

Retrato 13

Uma gata palita os dentes. Lança fragmentos molhados de peixe nos outros animais que olham torto. Não faz isso com todos, mas com os que parecem mais divertidos de irritar, mais suscetíveis à provocação. Depois atira o palito na fonte, mas ele não tampa o jato de água leitosa como ela queria e, decepcionada, passa a se lamber: primeiro as patas, depois as partes íntimas, numa clara tentativa de atrair qualquer um. Está desesperada para dar.

Retrato 14

Um pinguim lê uma revista de arquitetura. Está fascinado com os vários formatos de iglu apresentados durante uma convenção de arquitetos da qual não fez parte. Arrepende-se amargamente de ter ficado ali. Ao virar as páginas, encontra não só os novos materiais usados na construção dos iglus, mas suas novas funções e valores. Fica espantado. A inflação deixou o gelo muito mais caro. Decide fechar a revista e tira os óculos, nitidamente preocupado com os novos riscos do mercado econômico.

Retrato 15

Um gambá segura um peido, mas seus olhos estão estalados, talvez saltem da cabeça. Tem medo de ser morto ali mesmo, pisoteado pela girafa, esmagado pela cobra, dilacerado pelo dálmata. Alguma coisa pode acontecer, mas não o relaxamento. Não pode nem sair para o banheiro, temendo que alguma coisa escape e, assim, entre para os anais da sala de espera.

Retrato 16

Uma mosca lê a Bíblia. Tem minúsculos óculos chapados na cara redonda. São treze graus de miopia nos dois olhos, um e meio de astigmatismo no direito. Lê com fé, com fervor. As asas farfalham enquanto passa pelo Evangelho segundo Lucas. Está tão emocionada e tão empolgada que pensa em abrir um canal de tevê só para moscas, mas só para as que pensam como ela. Que as restantes queimem vivas nas raquetes elétricas. Amém.

Retrato 17

Um pônei fuma um cigarro de cravo. Está no terceiro. Não é permitido fumar na sala de espera, nem fora dela, ambiente que ainda pertence à clínica até a esquina, mas ele pouco se importa. Nas duas vezes em que a secretária o criticou pela fumaça, chamando-o de "cidadão", ele a mandou tomar no cu e acrescentou: "cidadão não, pônei corredor, melhor do que você". Fuma devagar e pensa em se levantar para dar um coice no flamingo, mas não quer ser expulso.

Retrato 18

Uma gralha bebe uma taça de syrah. Bebidas alcoólicas fermentadas são permitidas na sala de espera. O vinho tem cheiro de pólvora, mas é bom. Ela trouxe de uma festa, da qual roubou também uns brincos de prata e meia dúzia de diamantes escondidos sob o corpo. Está de olho nos óculos da lontra, reluzentes como uma mina fervilhante de ouro. Gosta desse vinho, mas teria preferido algo mais leve, mais suave. Um riesling, talvez.

Retrato 19

Um ornitorrinco vesgo se pergunta o que está fazendo ali.

Retrato 20

Um coelho de chapéu azul recorta todos os vestidos que encontra nas revistas de moda. A secretária o vigia, mas não faz nada. Não sabe onde ele encontrou a tesoura, talvez tenha trazido dentro da pochete prateada que aperta a barriga peluda. Não tem certeza. Ele corta com pressa, mordendo a língua e sempre bate os pés ao terminar. Corta as cabeças das modelos e as coloca em novos vestidos, trocando os corpos e às vezes os membros.

Retrato 21

Uma tartaruga não faz nada. Não contempla a própria espera, tampouco a espera dos outros. Não se finge de morta nem pensa que está viva. Ela pisca sem vontade e evita pensar na volta, quando sair dali e não houver mais táxis para chegar em casa.

Retrato 22

Uma coruja tenta jogar uma maldição no relógio, fazê-lo acelerar. É uma bruxa, sabe o que e como falar, os nomes que precisa invocar, quanto dos olhos precisa girar. E seus olhos são de cólera. Pensa inúmeras vezes se deve incendiar a fonte ou acabar com o sofrimento da joaninha. Talvez comê-la fosse uma ideia melhor.

Retrato 23

Uma cigarra gira no próprio eixo e solta faíscas. Ninguém sabe se para chamar a atenção ou porque está incomodada com alguma coisa. O giro é constante, enfadonho, parece um pião desgovernado. Sente-se tonta e para de repente, soltando um uivo que atrai olhares de desagrado. Em seguida, pede desculpas e volta a girar.

Retrato 24

Um hipopótamo olha para as plantas, analisa a cor das paredes, tem uma postura invejável. Talvez seja o animal mais elegante, a presença mais emblemática da sala de espera. Usa um cardigã italiano azul-marinho, cobrindo parte da pele escura e oleosa, cujo brilho também provoca a gralha de maneira involuntária. É o único satisfeito com o tempo e com a espera, só sente-se incomodado por não caber na fonte.

Retrato 25

Um sapo de boina pensa em ir embora. O cheiro do vinho e do cigarro de cravo deixam-no perturbado. Não bebe nem fuma há 4.129 minutos, uma vitória para ele, um alívio para a família. Usava drogas mais pesadas, fazia parte das bocas, mas não sente falta de nada disso, só do vinho barato e do cigarro. Os olhos estão vermelhos, e ele imagina, com um sorriso, sua língua esticando para roubar o cigarro do pônei.

Retrato 26

Uma abelha fala sozinha. O zumbido é irritante, fino, prolongado. Ela pronuncia palavras desconexas, às vezes pela metade, e parece que vai explodir a qualquer instante. Usa roupa apertada de academia, poliéster preto e amarelo, e às vezes voa até a fonte para beber a água leitosa.

## Retrato 27

Um carneiro escreve sua autobiografia num caderno pautado. Sua expressão às vezes parece suspeita, como se resgatasse da sala de espera algumas ideias inesperadas e proibidas. Gosta da privacidade, mas não a respeita. Já escreveu sobre o cachorro, sobre a mosca, sobre o coelho. Adora uma fofoca. Quanto mais escreve, mais sente calor. Lembra com tristeza que precisa ser tosquiado.

## Retrato 28

Um macaco albino, que vinha mastigando folhas de coca e jogando palavras-cruzadas, deixa a própria cadeira e pisa na joaninha.

## Retrato 29

O lado de fora da sala de espera. Uma rua tomada de lilás pelo fim da tarde. A noite se aproxima e a clínica permanece aberta. A fachada, asseada e clara como a entrada de um spa, está cheia de carros. Dentro deles, humanos esperam, apoiados nos vidros traseiros, suando pelas bocas abertas. Outros estão presos por coleiras do lado de fora, amarrados em barras de ferro colocadas ali exclusivamente para isso. Pelados, homens e mulheres aguardam seus donos. Estão com sede e fome, lambem as axilas, o meio das pernas, babam sobre os pés, cagam onde podem, mijam nas plantas mortas. Esperam com o coração acelerado, sonhando com bolinhas coloridas, latas de sardinha, pedaços suculentos de carne e potes cheios de ração.

# LENIDADE

Na manhã seguinte à tempestade, Leni encontrou as floreiras destruídas. Os ramos tinham sido partidos, as flores, decepadas pelo granizo. Respingos de terra, pedaços de folha e até insetos secos colavam-se à parede atrás da estrutura de madeira onde ficavam os vasos. A princípio, a imagem não a incomodou porque ela não se importava com as flores, quem cuidava era a outra porteira, que estava de férias. Na falta dela e do síndico, cujo trabalho não deveria ser questionado, era Leni quem teria de arrumar todas as floreiras, mergulhar as mãos naquela tragédia de decomposição e sujeira. Havia também as dez lixeiras plásticas para organizar, das quais tinha de tirar o lixo, separar os recicláveis dos orgânicos, atravessar com mau humor as nuvens de mosquitos e moscas que se formavam em sólidos grupos flutuantes sobre os detritos fedidos.

Deixou tudo para o meio-dia, quando o movimento na portaria era menor. O sol ardeu mais do que o normal, nenhuma nuvem. O pequeno pátio onde ficavam as floreiras e as lixeiras do condomínio virou um quadrado de fogo que secou as poças d'água e cozinhou o lixo orgânico, aumentando o número de insetos e destacando de forma grotesca o cheiro dos restos de comida, das fraldas ensopadas e dos montes de papel higiênico mal-acondicionados em sacos plásticos — transparentes.

Leni quase vomitou enquanto separava tudo, lançando um olhar de fúria para cima, para o prédio com seus apartamentos de classe-média, cujos moradores não sabiam como cuidar do próprio lixo, descartar a parte invisível, quase negada, de suas vidas. Mesmo com luvas, era difícil, até impensável, limpar o suor que descia pelas têmporas, fazendo cócegas e às vezes entrando nas orelhas. A cabeça ficou quente, vermelha, um milho de pipoca que estouraria a qualquer momento. Retirou as luvas e descansou numa parede sombreada por um telhadinho de amianto improvisado. Sentiu que os cabelos ferviam. A testa reluzia feito a lataria de um carro velho, queimada pelo sol, assim como a nuca, cuja ardência no travesseiro ela já esperava durante a noite.

Um morador interrompeu o sagrado momento de descanso, invadindo seu espaço para colocar uma sacola esgarçada de garrafas de vidro na lixeira verde. Eram garrafas de uma vodca barata, que Leni reconheceu rapidamente do boteco onde o marido almoçava todos os dias ali perto. O rapaz fez um aceno com a cabeça e voltou para o elevador, de onde viu a porteira abrir a lixeira como se para verificar se só havia vidro ali dentro.

Leni se esqueceu das floreiras, estava cansada para arrumar aquilo. As mãos doíam, o corpo inteiro pedia por descanso. Quando atravessou o pátio para juntar dois sacos grandes de lixo reciclável, sentiu algo caindo em sua cabeça e olhou para cima. Uma única nuvem, uma mancha solitária e escura no meio do céu. Incrédula que choveria de novo, mas ao menos poderia adiar a limpeza das floreiras.

Ao final do dia, mesmo protegida do sol de janeiro, Leni estava encharcada de suor. Detestava aquela combinação azul-marinho, quente e cheia de bolinhas que pinicavam ainda mais no calor. Se pudesse, rasgaria o uniforme, chutaria as lixeiras, comeria as flores mortas e incendiaria o prédio com todos os moradores dentro. Era um desejo antigo, volumoso, que incidia sobre o seu rosto pequeno na forma de um sorriso cruel, feito uma fresta de luz abrindo espaço para sua alegria duvidosa sob o conjunto de olhos juntos encimando o nariz de batata. Antes de ir embora, fez questão de olhar uma última vez para o pátio, desejando uma tempestade.

...

A tempestade não veio, em seu lugar surgiu uma terrível dor de cabeça. A cada passo, Leni sentia algo chacoalhar dentro do crânio: uma luz pulsava como as luzes de emergência de uma ambulância; prego abrindo rachadura em madeira podre; bolas metálicas quicando na superfície de uma cama-elástica; tambores, clangores, rituais satânicos em sua mente.

A dor de cabeça começou forte pela manhã, ficou mais leve à tarde, como se algo tivesse se dissolvido em seu cérebro, e à noite parou. Simplesmente parou, adormecida.

No outro dia, anterior à volta da segunda porteira, Leni sentiu a enxaqueca de novo. Não sentia os batimentos, as pulsações, sua cabeça não era mais um instrumento de percussão tocado por algum encosto. Agora era uma dor constante, inconveniente, presa num só lugar, entre o centro e a parte de trás de seu crânio, coberto de cabelos mal-pintados de um louro-avermelhado que ostentava com orgulho.

Passou o dia emburrada sem cumprimentar os moradores do prédio, e não avisou nenhum deles sobre as encomendas que chegavam e se acumulavam num armário atrás de sua mesa. A dor não pulsava, tampouco amenizava, e durante todo o dia, até a manhã seguinte, quando encontrou a outra porteira separando as encomendas, amaldiçoou não somente o seu trabalho e o prédio pela milésima vez, mas também o sol, seu provável culpado. Também se culpava pelo fato de ter ficado no pátio durante tanto tempo no pior horário do dia. Desde então não choveu mais, e o calor só aumentou.

A outra porteira estranhou o comportamento de Leni. Para disfarçar o silêncio, contou das férias, dos filhos, da praia, de quanta água de coco havia bebido nas duas últimas semanas e da areia mais quente em que pisara na vida. Leni ouvia tudo com vontade de estrangulá-la, e quando pensou em fazer um comentário que calasse a amiga, vomitou sobre ela. Assim, de repente. Foi um vômito grosso, inesperado e quente. As duas não reagiram imediatamente. Primeiro olharam-se assustadas. Leni tinha vomitado um caldo amarelado que cobriu o uniforme da outra porteira, o chão, parte do armário e o teclado numérico do telefone. A recepção do condomínio foi tomada por um cheiro azedo e sepulcral. Por sorte, ninguém passou por ali, mas ambas limparam tudo, Leni enjoada e constrangida, sem poder abaixar demais a cabeça com medo de um novo jato, e a outra permanecendo em silêncio, com medo de piorar a expressão de desgosto no rosto pálido da amiga.

Quando o relógio marcou sete horas, Leni sentiu que podia desmaiar, mas não falou nada. A outra porteira chegou a perguntar se estava tudo bem, mas não mencionou o vômito, nada sobre aquela tarde. Durante os últimos dias do mês, Leni conseguiu manter-se afastada da colega, ocupada com as floreiras e com os trabalhos mais pesados do condomínio. O síndico não perguntou nada, não se importava, e os poucos moradores que ainda davam bom-dia para ela cessaram qualquer tipo de contato, inclusive o de olhá-la nos olhos. Estável, a enxaqueca não crescia. No fim de semana, Leni fez uma pesquisa superficial sobre aneurismas cerebrais e ficou com medo de morrer. Passou a rezar todas as noites, dormindo cada vez mais cedo e sentindo um peso maior na cabeça.

...

A cabeça começou a crescer no início do outono, quando o sol não cobria o pátio do prédio e o calor era menor. Leni apalpava os cabelos, massageava o couro cabeludo como se acariciasse a enxaqueca, e sentia o crânio alargado na parte de trás, inchando para cima. As dores tinham aumentado, ouvia estalos durante a noite, sentia ferroadas nos ouvidos e às vezes acordava com os cabelos úmidos de sangue. O sangue brotava diretamente da cabeça feito suor, em gotículas pequenas que, dependendo do movimento, desciam por seu pescoço, manchando a roupa.

Depois de alguns meses, a cabeça de Leni estava ainda maior. Não cabia nos chapéus, não passava em algumas portas mais estreitas e agora parecia quase careca, com um tufo de cabelos tingidos saindo do topo. Certa vez, ficou presa na porta giratória do banco. O marido tinha medo de dormir com ela, medo de que a mulher explodisse como uma jabuticaba no meio da noite, lançando nas paredes sua massa encefálica. Também foi difícil para Leni não assustar os filhos com seu novo cabeção. E não só sua estrutura óssea tinha se alargado ali, não só a cabeça estava maior, tornando desproporcional o tamanho dos seus ombros. Os olhos estavam mais largos, o nariz tinha sido repuxado para cima como se tivesse feito uma cirurgia plástica, aumentando suas narinas em dois buracos onde caberiam rabanetes. A boca, no entanto, estava menor, em contraste com as orelhas, que começaram a descolar da cabeça, cercadas por enormes veias arroxeadas que atravessavam a pele em terríveis linhas escuras. Por todo o seu rosto despontaram essas veias, algumas estrias vermelhas e manchas marrons como respingos de chá. Além da aparência, passou a se sentir extremamente cansada, embora o corpo estivesse invariavelmente mais firme, fortalecido pelo peso superior que agora tinha de carregar.

Leni não se perguntava o que era aquilo. Se fosse um tumor, esperaria pela morte. Continuou trabalhando, fingindo que nada acontecia, mas a outra porteira teve de sentar-se longe dela para poder enxergar a entrada do prédio, agora bloqueada pelo cabeção. Quando perdeu todo o cabelo, Leni vestiu um gorro de lã feito por ela mesma, um gorro tamanho XXXGGG. Não tirou o gorro por nada, e a dor pareceu diminuir com ele.

Então aconteceu o que era inimaginável para qualquer um, menos para Leni: no dia 13 de outubro seu cabeção finalmente rachou. Foi quando ela e a outra porteira se preparavam para ir embora. Leni sentou-se na escadaria que descia ao portão, segurando-se no corrimão metálico. Começou com um estalo oco, crocante, uma casca se partindo com delicadeza. Leni não sentiu dor, mas um golpe furioso de sono, como se inalasse um pouco de anestesia. Sua visão foi ficando escura, os braços ficaram cada vez mais moles, até que seu coração parou de bater. O corpo tombou para trás. Assustada, a outra porteira que tremia com as mãos cobrindo a boca, viu o caldo cobrir o chão, um líquido âmbar envolver o corpo de Leni. Depois veio o grito. Dentro da cabeça aberta, um bebê chorava e agitava as perninhas, coberto de sangue e miolos. Quando a porteira pegou a criança nos braços, metade do crânio de Leni se descolou e girou no piso de pedra como uma concha.

...

Quase nove meses antes do inesperado parto craniano, Lucas se masturbava no décimo terceiro andar do prédio, o corpo exposto na janela aberta desejando provocar alguém do prédio vizinho que surgisse na varanda para espiá-lo. O prazer, que vinha acumulando para quando alguém aparecesse, não esperou por ele, que mordeu a língua e revirou os olhos, antes de perceber o que havia acontecido: o sêmen voou pela janela num jato que o surpreendeu, desceu os treze andares e caiu num pingo grosso lá embaixo, no pátio das lixeiras, mais especificamente na cabeça da porteira. Afinal, não era chuva.

## ADULTOS INVISÍVEIS

Foi a Ivana quem teve de tirar a calcinha. Ela relutou, cruzou os braços como a criança mimada que era, fez que não, bateu o pé, nós rimos primeiro com deboche, depois com crueldade mesmo, nossos dentes à mostra. O Sérgio e o César triunfantes, os mesmos sorrisos do pai deles. Não tinha como voltar atrás: a Ivana perdeu a aposta e teve de tirar a calcinha.

Esperta, deu a volta no sofá, agachou-se como se fosse fazer cocô no matinho e isso me lembrou do acampamento, a gente fazendo xixi escondida, agachadas como cúmplices de algum crime hediondo. Então esticou o braço, agitando a peça no ar como uma bandeira branca da paz. A calcinha tinha uma cor estranha, meio suja, então ficou sendo a bandeira encardida da paz.

Quando a Ivana saiu de trás do sofá, seu rosto era um morango. A ausência da calcinha não fez diferença porque ela continuou com o vestido azul-marinho de bolinhas brancas. Os meninos até que esticaram o pescoço tentando enxergar o que havia ali embaixo, mas ela foi mais rápida e pulou no sofá com as pernas bem juntas e esticadas.

Percebi que ela não tinha só o nome de velha, mas os joelhos também. Uma pelanquinha caía sobre as rótulas. A Ivana não era gorda nem magra, era como eu, exceto pelos joelhos de velha e pelo nome. Ivana. Meu nome rimava com o dela: Joana. Isso era motivo de piada entre os meninos, mas eles não viviam sem sua rima favorita. Embora eu sentisse que meu nome também pudesse se passar como o de uma velha, nunca falei isso em voz alta. Ou, como dizia Ivana, nunca *verbalizei*. Ela adorava essas palavras pouco usadas pelas crianças da nossa idade: periclitante, claudicante, vilipendiado, lacustre, lânguido, maceração. Verbalizar.

A aposta era simples: quem não conseguisse se livrar dos pais num determinado tempo, tiraria a cueca ou a calcinha. Os meninos foram os primeiros a conseguir: o César ligou para o celular da mãe fingindo uma emergência do hospital e ela desapareceu na mesma hora. O Sérgio disse ao pai que tinha esquecido a bombinha de asma em casa e lá se foi o coitado a pé, uma vez que a mãe dele tinha levado o carro para o hospital. Eu só precisei pedir para a minha mãe acompanhar o pai dos meninos porque ele não tinha nenhum senso de direção. A Ivana não conseguiu convencer os pais dela a tempo. Eles não entenderam nada, disseram que não podiam nos deixar sozinhos. Depois foram para o andar de cima com uma garrafa de vinho e se trancaram no quarto.

Assim, fomos os quatro possuídos por uma nova brincadeira mais interessante do que qualquer aposta: éramos os adultos. A casa era nossa. Era a *minha* casa, a casa onde cresci e nunca pude ser adulta nem beber um golinho que fosse dos licores da minha mãe.

Seguindo Ivana, sentamos no sofá com as pernas esticadas. O móvel, profundo, e nós, crianças curtas de dez anos. Rimos do nosso tamanho, embora os meninos fossem um pouco mais altos. Ivana e eu cruzamos as pernas. Os meninos abriram as suas como faziam o pai deles e o pai de todo mundo, depois fingiram coçar ali no meio, por cima da calça. E nós rimos até chorar. A Ivana com a risadinha de velha dela quase engasgou, eu segurei um ranho antes que ele voasse na minha roupa.

Começamos a fingir que fumávamos: a Ivana usando a mão esquerda porque era canhota, os meninos com postura soberba — outra palavra da Ivana. Com elegância, eu levava meu cigarro invisível até a boca, tragando devagar a fumaça invisível, sentindo os pulmões mais pretos, ficando irritada porque tudo era invisível demais. A Ivana e os meninos não sabiam fumar, soltavam rápido a fumaça, esqueciam-se de bater as cinzas no cinzeiro invisível. Minha mãe usava uma antiga tampa como cinzeiro, da urna das cinzas da mãe dela. E eu nem sabia onde ficava a tal urna, se sempre aberta e se a gente aspirava de vez em quando um pouquinho da vó quando o vento entrava. Será que já aspirei um dedo da minha avó?

Depois foram os copos invisíveis. Os meninos segurando copos baixos e pesados cheios de uísque caro, cor de âmbar, a Ivana o que parecia uma taça de cristal, e por fim eu, com a minha taça que às vezes se transformava em copo porque não me decidia entre um bom vinho branco ou um pouco de vodca com suco de abacaxi. Nossas bebidas girando dentro dos copos invisíveis, e eu podia ouvir as pedras de gelo batendo.

Então me cansei. Tudo se quebrou no meio do ar como um passarinho de vidro esmagado com as mãos. Soltei minha bebida, esqueci que fumava, deixei o cigarro tombar no tapete e varrer a casa com seu incêndio invisível. Os meninos tinham esquecido que fumavam e só bebiam. E a Ivana fumava e bebia, toda séria, indiferente, como se ninguém mais existisse naquela sala, ou como se a sala já tivesse sido devorada pelo fogo. E talvez ela mesma.

Sugeri a cozinha. Lá ficava a louça de verdade. Mesmo que bebêssemos água, que fumássemos canudos plásticos de um antigo aniversário, haveria o que tocar. A brincadeira de ser adulto com coisas invisíveis era patética. Eu estava irritada e tinha a voz autoritária da minha mãe. O efeito foi uma onda de pavor. Não era possível ser adulto assim. Teríamos de fingir um pouco mais.

Abrimos os armários em busca de comida e bebida. Os meninos puxaram as taças mais caras. Ivana só olhava. César encheu tudo com água, Sérgio colocou as pedras de gelo. Rimos porque aquilo era muito bobo.

Brindamos. O cristal tilintou, nossas risadas faiscando. Giramos as taças, cheiramos a água, o gelo bateu nos dentes. Ivana reclamou, ficou balançando suas perninhas de velha. Os bancos eram altos demais, eu também não gostava. Nós quatro balançando nossas pernas, olhando para as taças cheias de desgosto.

Então a Ivana perguntou se não tínhamos suco. Suco de uva. Salivei. Só havia suco de abacaxi, de maracujá, tudo amarelo, nada que lembrasse vinho. Olhamos com tédio para toda a cozinha, para as nossas taças.

*Maceração*. Lembrei da palavra da Ivana.

Pulei do banco, abri a geladeira e agarrei um cacho de uvas e uma caixinha com morangos já meio moles. Puxei uma faca da gaveta e comecei o trabalho. Coloquei tudo nas quatro taças, comecei a *maceração*. Com o cabo de madeira, fui amassando as frutas. A água ganhou um tom esquisito de detergente, meio rosado, mas o cheiro estava bom.

Não sobrou fruta nenhuma e a bebida não ficou parecendo vinho. Brindamos de novo e dessa vez o César perguntou ao que brindaríamos. Sugeri brindarmos à nova idade, à "adultice", foi a palavra que usei. A Ivana me olhou torto e disse que a palavra não existia. Ela sugeriu brindarmos ao mistério da vida, o que achei bem cafona. O Sérgio queria brindar à beleza dele, o César lhe deu um tapa na cabeça e sugeriu brindarmos à morte da infância. Acho que me apaixonei por ele nesse momento. Brindamos e bebemos. Fizemos careta, alguma fruta estava estragada. Era como se a bebida fosse um vômito aguado. Lançamos tudo na pia.

Enquanto eu pensava em outra opção, ouvimos barulhos no andar de cima. Risadas, alguém caindo, música alta. Abrimos uma barra de chocolate branco, cortamos quatro pedaços finos. Seriam nossos cigarros. Doces, longos, chiques. Juntamos nossos dedos mais uma vez, as tiras de chocolate indo e voltando para a boca. Melhor que nada. Não eram cigarros de verdade, mas tampouco invisíveis. Era um progresso. E isso era a vida adulta: progresso.

Fumamos nossos cigarros com mais classe. A Ivana quis citar umas passagens de um livro chato. Quando o chocolate começou a derreter, lambemos as sobras pegajosas entre os dedos e cortamos novas tiras. Depois foi a vez do Sérgio: ele queria falar de futebol, do altíssimo patrocínio de um time de Barcelona enquanto as pessoas morriam de fome na África. Bocejamos. E eu estava com sede, sede de uma bebida forte de verdade.

Os cigarros derreteram outra vez, eu enjoada de tanto açúcar. Mas a Ivana queria um terceiro e fumamos outro cigarro de mentira. Esse derreteu mais rápido, nossos dedos estavam quentes. O César queria discutir política, falar do crescimento da extrema direita nas eleições europeias. Era pior que o livro chato da Ivana que falava de alma, epifanias e flores abstratas.

Eu só queria beber um vinho de verdade que nos deixasse vermelhos, suados, bobos como ficavam os adultos depois de algumas verdades ditas sem querer. Falei, então, sobre as verdades que nunca dizemos. Os meninos ficaram com vontade de ver a Ivana sem a calcinha, mas ela não ergueu o vestido e ameaçou um discurso feminista que teria dado orgulho à minha mãe.

Cansada, fui até o armário de bebidas e agarrei um vinho tinto. Eu precisava beber, acabar com a palhaçada infantil. Peguei um saca-rolhas, retirei o lacre e fiz a mesma força que minha mãe fazia: nada se moveu. O César tentou com um pano de prato e nada. Depois foi a vez do Sérgio, que segurou a garrafa entre as pernas e fez força para cima. A rolha não deslizava. Eu queria chorar.

Então a Ivana pulou do banco, chupou os dedos melados e pegou a garrafa. Ficamos cheios de expectativa, eu engoli meu choro. Ela segurou a garrafa por baixo e bateu com força a parte de cima contra a pedra da pia. O vidro estourou. Um cheiro forte de ferrugem tomou a cozinha. Um pouco do vinho explodiu na pia branca, manchando a tarde como se alguém tivesse levado um tiro. A parte com a rolha intacta se soltou, um pouco do vidro verde-escuro caiu dentro da garrafa em cristais que lembravam pedrinhas de gelo. Todo o vidro ali, mergulhado no vinho.

Comemoramos enquanto a Ivana nos servia. Em cada taça, o vidro deslizava bonito, reluzente, sonoro. Os cacos caíam como granizo num xilofone, davam sede. Com a garrafa destruída e vazia, erguemos as taças e brindamos à morte da infância. O vinho balançou, os caquinhos de vidro tilintaram, e então bebemos aquela escura eternidade cheia de pontas.

# PARQUE DE PERVERSÕES

Vou começar do jeito mais fácil, do jeito que a gente aprende na sala porque a tia Carmem disse que é polido. Achei essa palavra tão besta. Polido. Polido é o armário da sala aqui de casa. A minha mãe deixa brilhando porque tem aquele treco no nariz que deixa o nariz vermelho e espirrento. Então não pode ter poeira. Remite. Resfrite. Sei lá. Ela espirra muito e às vezes a meleca voa e gruda na parede que nem lagartixa. É outra coisa besta. Mas é polido eu começar me apresentando: meu nome é Bráulio e tenho sete anos. Odeio meu nome. Um dia perguntei pra Sandrinha se eu podia mudar de nome porque ela é advogada, ela disse que meu nome é único. Que é bonito e único como eu. Achei isso bem besta também. A Sandrinha fala isso só pra eu parar de gritar com ela. Sempre vou odiar o meu nome, e no dia que eu ser presidente quero ver alguém não deixar eu mudar de nome. Vou ser Eduardo, que é o nome do meu pai. A Sandrinha ama o nome dele, deve ser por isso que ela vem aqui em casa e ajuda ele a arrumar a cama que faz barulho. Os dois ficam um tempão no quarto mexendo nas molas do colchão, e quando alguém amassa o dedo no martelo, dá pra ouvir os gritos de dor. Acho que a mamãe não conhece a Sandrinha, porque ela nunca fala dela. Vou perguntar pra ela um dia. A mamãe chama Corina e eu acho feio porque parece nome de remédio. Ou de cachorra feia, dessas magras demais que têm osso aparecendo do lado do corpo.

  Pronto, já fiz a apresentação. Tem sempre essa parte chata. Quero contar a história do parque que eu fui. É um parque gigante, imenso, bem grandão, deve ser maior que a testa da Tânia. Não sei se posso falar da Tânia aqui, ela estuda comigo e eu não quero que ela leia essas coisas. Nem vai. Ninguém vai ler. Coloquei um nome no caderno: *Coisas que ninguém pode ler*. Se alguém ler, mordo o olho da pessoa. Que gosto tem olho? Aposto que gosto de pudim, só que de pudim salgado. Mas é um parque muito grande mesmo. *Parque das perversões*. Aí a gente entra por um portão superescuro, cheio de ruga. Em volta é tudo bem, bem rosa, acho que foi feito por uma menina, e de repente de rosa fica preto e a gente só enxerga quando atravessa essa entrada. Meu pai riu do outro lado quando a gente saiu do túnel. Ele disse que a entrada é um cuzão pelado. Nunca vi meu cu, mas acho que ele não tem pelo. Mamãe achou ruim e não riu da piada dele mas nem era piada. A gente entra no cu, paga pra uma moça de lanterna e pode continuar andando.

  Do outro lado é gigante, imenso, bem grandão mesmo tipo o pipi do papai que eu vi no banho enquanto ele lava com espuma pra frente e pra trás, gemendo baixinho, polindo o pipi como a mamãe poli o armário. Poli também é uma palavra engraçada, lembra nome de cachorrinha, mas dessa vez bonitinha. Mas eu já contei que é gigante. E a gente quer olhar pra tudo quanto é lado porque é muito legal. Tem muita cor, muito grito, as pessoas riem engraçado. Tem uma fonte na entrada e ela espirra um suco marrom lisinho que parece leite com chocolate. Fiquei com vontade. Todas as crianças ficam em volta da fonte, mas todo mundo tira elas de lá porque o cheiro é esquisito. Mamãe contou que um menino bebeu um copo daquele suco e morreu. Depois disso eles colocaram uns vidros em volta, tipo um aquário, só que sem peixinho. Não tem nada de animal trabalhando no parque.

    Aí a gente foi na montanha-russa que é um pipizão grosso e vermelho que entra no escuro e sai pra fora pra luz do sol. A gente ficou bem na ponta do pipizão, parecia um cogumelo. O do papai é diferente, mas eu nem falei nada. A gente foi andando devagarinho, depois caiu, depois foi subindo subindo subindo, até entrar num buraco que a mamãe disse que era uma chuncha, e eu comecei a rir e engasguei, voou pipoca do meu nariz, meleca, e eu comecei a sangrar em cima da pipoca. Mamãe deu um berro e limpou o sangue. Tudo isso aconteceu enquanto o pipizão andava e corria e entrava e saía da chuncha. Na verdade só entrava, porque saía pelo cu, do outro lado de uma bonecona gigante que babava em cima da gente. O papai levantava os braços e ria quando a gente entrava mais uma vez no buraco rosado da chuncha gigante. Quando a gente desceu, eu ouvi ele cochichar que a chuncha da mamãe era mais apertadinha. Eu nem ri porque tinha medo de soltar mais pipoca pelo meu nariz que ardia. E eu nem entendia o que era uma chuncha apertada porque eu não tenho uma. Vi a da Tânia uma vez e achei feia, tipo uma lesmona rosa aberta.

    Outro brinquedo era um carrossel, só que no lugar dos cavalos tinha mais pipi. Pipi grande, pipi fino, pipi grosso, pipi cabeçudo que ia pra cima, pipi verde, pipi azul, pipi enrugado que ia pra baixo, tudo com umas bolas gigantes embaixo, bem brilhantes e que dava vontade de lamber. Tinha um pipi parecido com o do meu amigo Gino, bem escuro e grande. O Gino disse que o pipi dele acendia que nem vaga-lume quando a gente chupava, mas nunca acendeu, nem se a gente lambesse as bolinhas embaixo e olha que todo mundo tentou várias vezes. Tentei chupar o meu uma vez, mas eu machuquei meu pescoço e desisti. Sentei no pipi escuro, a mamãe sentou no azul e meu pai ficou de fora com uma cara bem besta. Não entendi, mas minha mãe gemia tão alto e ria tanto aquele riso dela engraçado que eu achei que ela fosse cair do pipi azul. Uma mulher do parque ficou só olhando a gente. No fim, quem acertasse quantas voltas a gente dava, recebia uma chuva de confete branco que saía da pontinha dos pipis e ganhava uma caixa de pirulito em forma de pipi. Mamãe não acertou, ela disse 34 voltas e foram 36, mas como ela chegou mais perto do número, ganhou a chuva de confete branco e a caixa de pirulito que deu pra mim. Chupei três de uma vez enquanto a gente ia pra outro brinquedo.

O outro brinquedo era de adivinhação. Aí a gente enfiava o braço nuns buracos largos super cor-de-rosa, até o cotovelo, e quando começava a soltar um líquido engraçado com cheiro de morango, uns objetos caíam nas nossas mãos e a gente tinha que adivinhar o que era. Sempre cinco objetos, papai acertou os cinco, mas ficou com o bração dentro do buraco um tempão, até a boneca que tinha o aviso do ganhador numa televisão no lugar da cabeça fechar as pernas. Mamãe acertou três objetos e eu acertei dois: um revólver e uma tesoura. Papai ganhou uma caixa de bombom cor-de-rosa em forma de flor, mas era tudo flor engraçada e mamãe guardou na bolsa dela e xingou meu pai de uns nomes engraçados que eu nunca tinha ouvido.

Aí a gente continuou andando, eu continuei chupando meus pipis de açúcar e o parque parecia que não tinha fim. Que nem a testa da Tânia. Tinha uma piscina de leite pra gente entrar pelado, mas ninguém entrou, e o papai disse que outro dia a gente volta. Depois a gente entrou num lugar escuro e vermelho onde tinha que deitar em cima de uma língua gigante que tremia e fazia cócegas na gente. Quem conseguia não rir, ganhava um prêmio. Meu pai riu muito, chorou de rir, chorou até pelo pipizão dele uma coisa que nem leite condensado. E mamãe também ficou toda suada. Eu só fiquei tremendo em cima da língua e chupando meu último pirulito. Não senti nada, mas quase engasguei de novo com o canudinho plástico que fica no meio do pirulito. Foi uma mulher bem velha de bengala que ganhou o prêmio que era ingresso pra ver dez filmes no cinema de grátis.

Depois a gente teve que tirar a roupa no outro brinquedo. Podia ir nele com roupa, mas só sem roupa ganhava o prêmio. Era tipo um elevador que a gente sentava numa cadeira com buraco e o papai ficou chorando enquanto o elevador subia. A mamãe estava toda feliz e fazia carinho no joelho do papai enquanto a gente subia e subia. Lá de cima a gente viu o parque todo, a floresta, a cidade. Vi até o prédio onde eu moro. E de repente o elevador apitou e a gente caiu, mas chegando lá embaixo a gente tinha que desviar de umas coisas moles e engraçadas que entravam na bunda. A mamãe nem queria ganhar porque nem se mexeu. Ficou lá com os braços abertos e os olhos fechados. Parecia que estava morta. O papai ficou se revirando, mas duas vezes as coisas embaixo do banco entraram na bunda dele e eu vi um monte de cocô lá embaixo, dele e dos outros. Eu só senti um beijinho engraçado no cu, as coisinhas não entraram em mim. Todo mundo saía de lá tremendo, rindo e chorando. Meu pai ficou emburrado, mas na mesma noite eu vi ele usando a escova da mamãe na bunda e gemendo baixinho durante o banho que nem uma criancinha rouca. Acho que ele queria escovar os cabelos que ele tem ali.

A roda gigante também era um cu bem grande, uma rodela, e a gente sentava numas conchinhas com bicos virados pra baixo. Foi o momento mais calmo da tarde no parque. A gente ficou lá balançando, vendo o parque de pertinho e depois longe, ficar grandão e pequenininho. Papai e mamãe ficaram se beijando e se tocando, e eu virei pro lado pra ver as pessoas das outras conchinhas. Tinha criança, velho, adulto, tudo. Um menino da concha perto da nossa jogou uma bexiga de água na velha que tinha ganhado os ingressos para o cinema. Ela olhou pra cima e jogou a bengala nele. O pai dele mostrou o dedo do meio pra ela e ela tirou a fralda do neném que tinha do lado dela e jogou na cara dele, que ficou toda amarela do cocô do neném. A mulher dele começou a gritar e eu parei de olhar todo mundo e olhei para as casinhas azuis que eram os banheiros do parque. De cada banheiro eu vi que saía um cano bem grosso que cruzava o parque e ia até a fonte. Aí eu entendi que aquele suco marrom lisinho que parece leite com chocolate é o caldo do cocô de todo mundo que vai no parque. Achei besta.

## Agradecimentos

À Editora Moinhos e ao Nathan pela confiança, pelo risco, pelo pacto com a Literatura.

À Tamlyn Ghannam, minha amiga e editora, pelo convite, pelas leituras, pela força de sempre.

À minha mãe, Anne Marie, pelo apoio constante e por ser a leitora mais entusiasmada.

A todos que, de alguma forma, inspiraram coisas boas e ruins para a escrita destes contos.

Por último, e não menos importante, ao Lucas, amor, amigo, leitor e algólida.

Este livro foi composto em Fairfield LT Std no papel Pólen
Natural enquanto *Equipoise*, de Max Roach, tocava em
um dia de céu mais que azul para a Editora Moinhos.

\*

No Brasil, um fóssil de dinossauro foi encontrado após as enchentes
que devastaram diversas cidades no estado do Rio Grande do Sul.